肖复兴　著

食光百记

作家出版社

图书在版编目（CIP）数据

食光百记／肖复兴著. -- 北京：作家出版社，2024.12. -- ISBN 978-7-5212-3071-0

Ⅰ. I267

中国国家版本馆 CIP 数据核字第 2024SL0419 号

食光百记

作　　者：肖复兴
责任编辑：赵　超
装帧设计：吴元瑛
出版发行：作家出版社有限公司
社　　址：北京农展馆南里 10 号　　邮　　编：100125
电话传真：86-10-65067186（发行中心）
　　　　　86-10-65004079（总编室）
E-mail: zuojia@zuojia.net.cn
http://www.zuojiachubanshe.com
印　　刷：河北京平诚乾印刷有限公司
成品尺寸：130×185
字　　数：178 千
印　　张：9.5
版　　次：2024 年 12 月第 1 版
印　　次：2024 年 12 月第 1 次印刷
ISBN 978-7-5212-3071-0
定　　价：58.00 元

作家版图书，版权所有，侵权必究。
作家版图书，印装错误可随时退换。

目 录 | 辑一 　苦瓜酸菜

苦瓜　　　　　　　　003

酸菜　　　　　　　　005

豆包儿　　　　　　　008

腊八蒜　　　　　　　011

酒心巧克力　　　　　014

豆腐渣　　　　　　　016

菜粥　　　　　　　　018

月饼　　　　　　　　021

金糕　　　　　　　　023

炸糕　　　　　　　　025

盖浇饭　　　　　　　028

芝麻酱　　　　　　　031

黑枣　　　　　　　　034

酸枣面　　　　　　　036

柿子　　　　　　　　041

黑崩筋儿　　　　　　045

冰核儿　　　　　　　047

羊羹　　　　　　　　049

螺丝转	052
三花酒	055
褡裢火烧	059
鳝鱼	062
味美思	064
西餐三式	067
肉丝面	070
疙瘩汤	072
白牌啤酒	075
腊肠	079
菠菜宴	081

辑二　奶酪核桃酪

核桃酪	085
奶酪	088
酸梅汤	091
果子干	094
爱窝窝	096
绿豆糕	099
翻毛月饼	101
秋梨膏	104
爆肚和卤煮	107

豆汁儿	110
芥菜疙瘩	112
烤白薯和炉白薯	115
糖炒栗子	118
酒酿饼和藤萝饼	121
冬菜包子	124
葱烧海参和油爆肚仁	126
四吃鱼	128
烧羊肉	130
全聚德烤鸭	133
便宜坊烤鸭	136
北京小吃	139

辑三 北大荒之味

扁豆	145
黄豆	147
土豆	150
大酱	153
辣椒	156
狍子肉	159
熊肉	161
烧鸟	164

大雁蛋	166
野葡萄	169
冰猪头	172
冻酸梨	175
熬茄子	178
水芹菜	181
火柿子	184
葱油饼	186
香瓜	188
烤南瓜	191
烀苞米	194
鲫鱼汤	197
挠力河鱼	200

辑四　栀子花煎

栀子花煎	205
红薯排叉	207
西瓜皮	210
丝瓜	212
分手菜	215
竹笋炒肉	218
手抓羊肉	220
芭乐	223

莲雾	225
苹果	227
煮栗子	231
生日蛋糕	234
子儿莲蓬	238
干烧鱼	240
糟熘三白	242
狮子头	245
羊肉泡馍	247
茶馆泡茶	250
洗脚泡菜	253
枫糖	255
烤猪肘	258
考帕尼克风味汤	261
爱因斯坦冰激凌	263
响着音乐的冰激凌	265
巴黎芥末	267
牛肉粥	270

辑五　萝卜白菜赋

大白菜赋	275
萝卜笺	281
饺子帖	289

辑一：苦瓜酸菜

我爱吃苦瓜,母亲不爱吃,爱吃酸菜。

苦瓜上市的时候,母亲总会为我炒一盘苦瓜肉丝。

我把母亲渍酸菜的缸丢掉,她跑老远的路,把它抱了回来。

苦 瓜

原来我家有个小院,院里可以种些花草和蔬菜。这些活儿,都是母亲特别喜欢做的。把那些花草菜蔬莳弄得姹紫嫣红,像是给自己的儿女收拾得眉清目秀,招人眼目,母亲的心里很舒坦。

那时,母亲每年都特别喜欢种苦瓜。其实这么说并不准确,是我特别喜欢苦瓜。刚开始,是我从别人家里要点儿苦瓜籽,给母亲种,并对她说:"这玩意儿特别好玩,皮是绿的,里面的瓤和籽是红的!"

苦瓜结在架上,母亲一直不摘,就让它们那么老着,一直挂到秋风起时,越老,里面的瓤和籽越红,红得像玛瑙、像热血、像燃烧了一天的落日。当我掰开苦瓜,兴奋地注视着这两片像船一样盛满了鲜红欲滴的瓤和籽的瓜时,母亲总要眯缝起昏花的老眼看着,露出和我一样喜出望外的神情,仿佛那是她的杰作,是她才能给予我的欧·亨利式的意外结尾,让我看到苦瓜最终具有了这一朝阳般的血红和辉煌。

苦瓜做菜很好吃。无论做汤,还是炒肉,都有一种清苦味。那苦味,格外别致,既不会传染给肉或别的菜,又有一种苦中蕴含的清香和苦味淡去的清新。

像喜欢院子里母亲种的苦瓜一样，我喜欢上了苦瓜这一道菜。每年夏天，母亲都会从小院里摘下沾着露水珠的鲜嫩的苦瓜，给我炒一盘苦瓜青椒肉丝。它成了我家夏日饭桌上一道经久不衰的家常菜。

自从这之后，再见不到苦瓜瓤和籽鲜红欲滴的时候，因为再等不到那个时候，苦瓜已经让我吃光了。

这样的菜，一直吃到离开了小院，搬进了楼房。住进楼房，依然爱吃，只是再吃不到母亲亲手种、亲手摘的苦瓜了，只能吃母亲亲手炒的苦瓜了。

一直吃到母亲去世。

如今，依然爱吃这样的菜，只是母亲再也不能为我亲手到厨房去，将青嫩的苦瓜切成丝，再掂起炒锅亲手将它炒熟，端上自家的餐桌了。

因为常吃苦瓜，便常想起母亲。其实，母亲并不爱吃苦瓜。除了头几次，在我一再的怂恿下，勉强动了几筷子，皱起眉头，便不再问津。母亲实在忍受不了那股异样的苦味。她说过，苦瓜还是留着看红瓤红籽好。可是，每年夏天当苦瓜爬满架时，她依然为我清炒一盘我特别喜欢吃的苦瓜肉丝。

最近，看了一则介绍苦瓜的短文，上面有这样一段文字："苦瓜味苦，但它从不把苦味传给其他食物。用苦瓜炒肉、焖肉、炖肉，其肉丝毫不沾苦味，故而人们美其名曰，'君子菜'。"

不知怎么搞的，看完这段话，让我想起母亲。

酸　菜

　　如今吃酸菜，只有到副食店里去买，是那种经过高速发酵的科技产品。方便倒是方便了，而且颜色白白的，清清爽爽，只是觉得味道怎么也赶不上母亲渍过的酸菜。曾经到私人那里买过人工渍过的酸菜，质量更是没有保证。还曾经到过专门经营东北风味菜肴的饭店，买过酸菜炒粉或酸菜氽白肉，过细的加工，倒吃不出酸菜的原汁原味了。

　　渍酸菜，的确是一门学问。每年到了冬天，大白菜上市以后，母亲都要买好多大白菜储存起来。一般，母亲都是把棵大、包心的好菜，用废报纸包好，再用破棉被盖好，剩下那些没心或散心、帮子多又大的次菜，用来渍酸菜。酸菜的出身比较贫贱，和母亲那样居家过日子的普通妇女一样。

　　我家有个酱红色的小缸，是母亲专门用来渍酸菜的。那缸的历史几乎和我的年龄不相上下，因为打我记事时起，母亲就用它来渍酸菜。每年母亲渍酸菜，是把它当成大事来办的，因为几乎一冬全家的酸菜熬肉或酸菜粉丝汤或酸菜馅饺子，都指着它了。

　　母亲先要把缸里里外外擦得干干净净，然后烧一锅滚开的水，把一棵白菜切开四瓣，扔进锅里一渍，捞将出来，凉后码放在缸里，一层一层撒上盐，再浇上一圈花椒水。这些先后的顺序是不能变的，而且绝对不让人插手帮忙。最后，在缸口包上一层纸，不能包塑料布什么的，说那样不透气，酸菜和人一样，也得喘匀了气才行，渍出来才好吃。

那时候，只关心吃，不操心别的，不知道母亲到底渍酸菜要渍多少时候，便没有把母亲这门手艺学到手。只记得不到时候，母亲是不允许别人动她这个宝贝缸的。当酸菜渍好了，她亲手为全家做一盆酸菜熬肉或酸菜粉丝汤，看着我和弟弟狼吞虎咽，吃得香喷喷，满脸的皱纹便绽开一朵金丝菊。对于母亲，渍酸菜是变废为宝，是把菜帮子变成了上得席面的一道好吃的菜，是用有限的钱过无限的日子，并把这日子尽量过得有滋有味。

母亲渍的酸菜伴我度过整个童年、青年，甚至大半个壮年时期。

母亲渍的酸菜确实好吃，不像现在买的酸菜，不是不酸，就是太酸；不是硬得嚼不动，就是绵得没嚼头。酸菜不是什么上等的名菜，母亲渍酸菜的技术，是年轻时在老家闹饥荒时学来的，她好多次说那时候渍的酸菜是什么呀，净是捡来的烂菜帮……像现在的孩子不爱听父母讲过去的陈芝麻烂谷子一样，那时我也不爱听。母亲去世之后，我自己也曾经学着渍过酸菜，那味道总不地道。我知道，艰苦时学到的学问是刻进骨髓的，平常的日子只能学到皮毛。

如今，我只有到副食店里去买酸菜。

如今，只有母亲渍过大半辈子的酸菜缸还在。记得很清楚，1975年夏天，我让母亲去姐姐家住一阵子，我一个人将家从前门搬到洋桥。母亲回来，立刻发现她那渍酸菜的宝贝缸不在，第二天就拉上我坐公交车，回到前门老家，找人家要回了那个酱红色的酸菜缸。

豆包儿

豆包儿,如今很少有人在家里自己做了,一般会到外面买。外面卖的豆包儿,馅大多用的是红豆沙,这种红豆沙,是机械化批量生产的产物,稀烂如泥,豆粒那种沙沙的独有嚼劲和味道,也就大减,甚至索性全无。要想尝到这种嚼劲和味道,只有自己动手将红小豆下锅熬煮。不用说,这样传统的法子,费时费力又费火,谁还愿意做这种豆包儿?

在北京,唯有柳泉居、丰泽园几家老字号的豆包儿,一直坚持用这样的传统方法熬制豆馅,制作豆包儿,价钱涨了不少。而且,皮厚馅少,塞进嘴里,那种豆粒的沙沙感觉,让位给了皮的面香。这绝对不是老北京豆包儿的做法,老北京的豆包儿,讲究的是皮薄馅大。这和包饺子的道理一样,主角必须得是馅,一口咬下,满口豆香,才能够吃出豆包儿独有的味道。

小时候,我吃的豆包儿,都是母亲做的。那时候,包豆包儿,不会经常,一般要在改善一下生活的时候。春节前,必定是要包上满满一锅的。上锅之前,母亲要在每一个豆包儿上面,点上一个小红点儿;出锅的时候,豆包儿变得白白胖胖,小红点儿像用指甲草或胭脂花抹上的小红嘴唇，格外喜兴。豆包儿，便显得和节日一样喜气洋洋了。

因此，每一次母亲包豆包儿，都会像过节一样，在我家是件大事。包豆包儿的重头戏，在于熬馅。我家有一口炒菜的大铁锅和一个蒸馒头的铝锅，熬豆馅必得用铁锅，至于有什么道理，母亲是讲不出来的，只是说用铁锅熬出的豆馅好吃。说完之后，母亲觉得说的好像没有说服力，会进一步解释：你看炖肉是不是也得用铁锅？没有用铝锅的吧？这样解释之后，她觉得道理已经充足了。

熬豆馅的重头戏，在于熬的火候。红小豆和凉水一起下锅，一次要把水加足。不能在熬到半截时看水不够，一次次频繁加水，逗着玩！母亲这样说的时候，同时把枣下进锅里。枣是早就用开水泡好，一切两半，去核去皮。我老家在河北沧县，出金丝小枣，但母亲从来不会用这种金丝小枣，用的是那种肉厚实的大红枣。用小枣煮出的豆馅，没有枣的香味。那种金丝小枣，母亲会用它来蒸枣馒头。

水开之后，大火要改小火，还要用勺子不停地搅动，免得豆子扒锅。豆子不能熬得过烂，烂成一摊泥，豆子的香味就没有了。母亲包的豆包儿，馅一般会比较干，不会有那种黏稠的豆液出现，开花之后红小豆的豆粒的存在感非常明显，咬起来沙沙的。豆子虽然被煮烂了，但是小小的颗粒还在，没有完全变成另一种形态，很实在的豆子的感觉和豆子的香味，会长久在嘴里回荡，不像现在卖的豆包儿那样稀软，如同脚踩在泥塘里的感觉。按照那时母亲的话说，那是把豆子给熬得没魂儿了！按照我长大以后开玩笑对母亲说的话是，就像唱戏，那样的豆馅是属于大众甜面酱的嗓子，您熬的这豆馅属于云遮月的嗓子。

豆馅熬得差不多了，放糖，是放红糖，不能放白糖。吃豆包和吃年糕不一样，吃年糕要放白糖，吃豆包必须放红糖。这个规矩，是母亲从上辈那里传下来的，是不能变的。只是，在闹灾荒的那几年，买什么糖都得要票，不是坐月子的或闹病的，红糖更是难淘换。没有办法，只好改用糖精，豆馅的味道差得太多，母亲嫌丢了自己的脸，那几年，豆包儿很少包了。

我长大以后，特别是大学毕业之后，自以为见多识广，建议母亲再熬馅的时候，加上一点儿糖桂花，味道会更好。母亲不大相信，在她的眼里，糖桂花那玩意儿是南方货，包元宵和汤圆在馅里加一点儿可以，她包了一辈子豆包儿，从来没有加过这玩意儿。别遮了味儿！她摇摇头说。坚持她的老法子。我说不服她，由她去。别遮了味儿，母亲话的意思是，豆包儿的馅，要体现豆子的本味。

如今，母亲去世多年，买来的豆包儿都会加有糖桂花，母亲包的没有糖桂花的豆包儿，再也吃不到了。

腊八蒜

年夜饭里，饺子是必不可少的绝对主角，腊八蒜便是饺子的最佳搭档。

腊八蒜，为什么必得腊八这一天泡？我的猜度，是因为按照我们中国的传统，一进腊八就算是过年了。过去老北京有这样的民谣："老太太，别心烦，过了腊八就是年。"也就是说，腊八是过年的门槛，这个节点决定了这一天的重要性。所以，腊八这一天，除了熬腊八粥，就是要泡腊八蒜。腊八粥是腊八这天吃的，腊八蒜则是为了大年三十就饺子吃的。一为过年的祭奠，一为过年的准备，年在这样铺垫之中，才显得庄重而令人期待。

想一想，谁家年三十的饺子可以离得开腊八蒜呢？一尾尾小银鱼似的饺子出了锅，端在盘子里，旁边再放上一碗汪汪的腊八醋，一碟湛青旺绿的腊八蒜，光从色彩的对比上，就让人看着高兴。

为什么只有腊八那天泡的蒜，到了年三十的夜里才会这样的绿，我一直不明就里。有好几个冬天，过了腊八才想起泡腊八蒜，心想不过才晚了几天，但是，就是泡不了那么绿了，年三十吃饺子时候拿出来，总是灰绿灰绿的，雾霾的天一样，像蒙上层灰。

母亲在世的时候，是不会忘记腊八那天泡腊八蒜的。母亲总要到腊八晚上才会泡蒜。这是她老人家的规矩，说是这时候泡的蒜才会绿，白天就差多了。至于原因，她也说不清，我猜想这只是她的一厢情愿，泡腊八蒜难道还得像入朝退朝一般讲究时辰？或者像赶火车一样，错过了点儿，火车就开跑了不成？母亲只是笑，依旧抱紧了她泡腊八蒜的时辰不松手。

母亲泡腊八蒜，还要讲究买的蒜，必须是那种紫皮的，而且是不能长芽的，那种蒜泡出来，不会那么脆。这原因，母亲说得出来，长了芽的蒜，就像是发育过的大人，当然没有小孩子那么嫩。

也不能买那种独头蒜。那种蒜，泡出来辣。

还要一条，买的醋，必须得是天津出的独流醋。

最后一条，把剥好的蒜放进醋里，要再加一点儿白糖。

母亲做的腊八蒜，规矩还真的不少，就像戏里的一个角儿出场前，师傅三令五申，嘱咐再三，哪怕这个角儿只是个挎刀的配角。不过，母亲泡的腊八蒜确实好吃，又香又脆，还有<u>一丝丝</u>的甜味儿。

母亲过世后，我也曾经按照她老人家的这套规矩和程序泡腊八蒜，只是，泡出的腊八蒜，怎么也不是母亲泡的那种滋味了。后来想，大概是我把母亲每年泡腊八蒜的那个坛子给扔掉了的缘故。那个坛子是酱黄色的，粗陶做的，个头儿挺大，占地方，搬家的时候，就把它丢掉了。

腊八蒜，不是什么大菜，只是诸多配菜中的一种而已。但是，泥人还有个土性呢，小小的腊八蒜，也有自己的脾气秉性。都说是石不可言，花能解语，看似没有生命的东西，和人的心情与感情，有时候是相通的。腊八蒜也是一样，不仅认蒜，认醋，认器物，认时辰，也认人。

那年春节过后，从北京到美国看孩子，到一家中国餐馆吃饭，吃的饺子，餐馆还挺讲究，特意上来一碟腊八蒜。那蒜灰头灰脸的，见不着一点儿绿模样。我问老板：您的这腊八蒜怎么长成这模样？从山东来的老板对我说：就是怪了，每年泡出的腊八蒜，怎么泡也泡不绿！

腊八蒜，还认地方呢。

酒心巧克力

说来有些害羞,小时候,我只吃过普通的水果糖,没有吃过巧克力。第一次吃巧克力,是1974年,那一年,我二十七岁了,刚刚从北大荒回到北京,在一所中学里当老师。

那是参加一个朋友的婚礼。和现在的婚礼相比,很简单,但也是我参加过的婚礼中很奢华的一次。婚礼餐桌上的糖果盘里,花花绿绿的糖果里,我看见有包装精美的巧克力。这种巧克力,我只是从北大荒回北京,在哈尔滨倒车时,在中央大道上看见过,秋林公司的酒心巧克力,长颈酒瓶状,十支一盒,太贵,没舍得买。

看看旁人只顾着喝酒吃别的东西,没有人动糖果盘里的糖。尽管有些不好意思,我还是伸手拿起一块,剥开糖纸,塞进嘴里,不是长颈酒瓶状,居然也是酒心巧克力。一股不知是葡萄酒还是白兰地的酒液,滑进嗓子眼,和巧克力微苦的感觉搅拌在一起,辣辣的,甜甜的,涩涩的,和以前吃过的水果糖和奶糖的滋味大不一样。

忽然想到,母亲也从来没有吃过巧克力呢。我想拿一块带回家,给母亲尝尝,便又果断地伸手拿了一块巧克力,想塞进衣兜,有些不好意思,抬眼悄悄斜看了左右邻座两眼,发现他们并没有注意我,赶紧塞进裤子兜里,若无其事地看着新郎新娘端着酒杯,笑盈盈向我们这边走过来。

回到家,急忙先从裤兜里掏出那块酒心巧克力。没有想到,巧克力化了,粘在漂亮的玻璃糖纸上。我撕开糖纸,巧克力变成一摊黑乎乎的泥,酒心里面的酒,一滴不剩。我还是托着糖纸,把这一摊泥递给了母亲,说:您尝尝,巧克力!

什么"小的力"?母亲接过这一摊泥,看了看,问我。

我指着这一摊泥,又对她说:您尝尝,挺好吃的。

母亲尝了一口,立刻说道:恶苦!一点儿不好吃。

说罢,把这一摊泥又塞回我的手里。

以后,母亲一直把巧克力叫成"小的力"。

豆腐渣

我家住的那条老街上，有一家豆腐坊，离我家很近。豆腐坊开在一个大杂院的最外面，临街，有高台阶，一个大磨盘和一根粗木杠，还有一面白豆包布，被风吹得鼓胀着，船帆一样张扬，老远就能看见。最早的时候，用驴拉磨，后来不用了，他们自己拉磨。

豆腐坊一早就开始卖豆腐和豆浆，豆腐渣不卖，不知道处理到哪儿了。有人说卖到乡下喂猪去了，不知确否。

六十年代困难时期，豆腐坊开始破例卖豆腐渣，门前居然排起了长队。饥肠辘辘的人们，忽然发现豆腐渣可以充饥。我父亲也从那里买回一些豆腐渣。豆腐渣，白花花的，远看和豆腐差别不大，只是是松散的，像一团蓬松的白沙子。近看，很粗，并不是那么白，有些发黄，像那时人们缺乏营养的脸色。

我不知道父亲会把豆腐渣派上什么用场，豆腐渣也能够做饭或者做菜吃吗？是的，我没吃过豆腐渣，但父亲母亲他们年轻时候都吃过。

父亲用豆腐渣掺上点儿菜叶，撒上盐，倒上点儿酱油，点上几滴油，用手把它们团成一个圆球，用和好的棒子面，包成菜团子，上锅蒸熟，掀开锅盖，满屋子是豆腐渣的味儿。那味儿，不那么好闻，酸酸的，冲鼻子。

菜团子，以前母亲包过，我吃过，那时没有肉，一般是用大白菜或卜萝卜做馅，谈不上好吃，起码可以下咽。可那菜团子，真的难以下咽。里面包裹那么多的豆腐渣，粗粗拉拉的，那一点儿盐、酱油和菜叶，杯水车薪，根本掩盖不住豆腐渣的味道。

父亲给我和弟弟每人倒上了一点儿醋，说蘸上醋就好吃了。

我和弟弟蘸上了醋，并没有觉得好吃，豆腐渣的味道依然浓重地堵在嗓子眼儿。但是，看着父亲和母亲大口大口吃着菜团子，我们也只好把一个那么大的菜团子吞进肚子里。

豆腐渣馅的菜团子，伴随我度过了一两年的时光。幸亏不长。那时候，我正读初中。

后来，路过豆腐坊，看不到人们排队买豆腐渣了。我很好奇，想看看他们磨豆子时候豆腐渣是怎么出来的，但我没有看到。

十多年前，重返故地，豆腐坊虽然不在了，但旧址还在，在破败门前的高台阶上，还遇到老街坊，站在那里聊会儿天。说起豆腐坊，说的更多的不是从他家那里买的豆腐和豆浆，而是豆腐渣。那个年月，大家都吃过豆腐渣。

去年夏天，我再次回老街看看，那里已经拆平，变成开阔的马路了。

菜　粥

读陆游诗，看到他晚年很爱喝粥，说是"豆粥从来味最长"。不禁想起母亲，母亲在世的时候，晚年也爱喝粥。不过，陆游说的豆粥，在她老人家那里，不是经常熬的，因为豆比较贵，便常熬一般的米粥。她喜欢在粥里放一些菜叶，再放一点儿酱油和盐，出锅的时候，撒一点葱花，点一滴香油，一顿晚饭便齐了，连菜都省下了。

这种熬粥喝粥的习惯，自我的童年起。母亲常会熬一锅这样的菜粥，春天放菠菜，夏天放芹菜，秋天放萝卜，冬天放白菜，反正是有什么菜就放什么菜，母亲的那口大铁锅，像是太上老君的炼丹炉，放什么菜，都能熬一锅香喷喷的粥出来。

菜粥里，我最爱吃菠菜粥，春天的火牙儿菠菜非常嫩，菜头上火牙儿那一点红红的尖，在粥里显得那么鲜艳。芹菜粥我不爱喝，有股中草药味儿，芹菜老了，嚼不烂。最不爱喝的是白菜粥，尽管母亲熬粥的时候，放的是白菜叶，不放白菜帮，但总觉得有一股子土腥味。

困难时期那几年，家里的粮食不够吃，肚子里总是饿得咕咕叫，才知道即使是放了菜帮的粥，也是好吃的。开始的时候,不知道,母亲熬的白菜帮子粥,是特意给我和弟弟喝的。她给我和弟弟盛满两大碗之后,往粥里再放一些野菜,自己和父亲一起喝。后来,我发现之后,责怪母亲,母亲忆苦思甜对我说:年轻的时候逃荒,向人家讨饭吃,能喝到这样一碗野菜粥,就念佛了!然后,她又说,野菜粥的味道不错,还有营养呢,只是你们喝不惯!

那时候,白米定量,母亲熬的更多的是棒子面的菜粥。如果粮店有卖棒子糙的,会熬棒子糙粥,这种粥有嚼劲,比棒子面粥好喝,只是放进了菜,味道就会大减。母亲为了让我和弟弟爱喝,想出新法子,将棒子面加水和成面团,然后切成小四方块,母亲称之为"嘎嘎儿",放进滚沸的锅里,加上菜,熬成一锅我从来没有喝过的粥,母亲叫它"嘎嘎儿"汤。显然,比棒子面粥和棒子糙粥要好喝,主要是样子和味道都新鲜得多了。

母亲晚年得了幻听式的神经病,大夫开的药,她嫌苦,不爱吃。每天劝她吃药,成了最难的事情。有时候,被我逼得没办法,她只好接过药片,我以为她吃了,其实,我一转身,她就把药片扔到床底下了。这样类似小孩子的把戏被我发现,我生气地责备她,她总会说:我一辈子都没吃过什么药,身子骨儿不是挺好的吗?最后,我想出这样的一招:把药片碾碎,放进她最爱喝的菜粥里,看着她咕咚咚地喝进肚里,才放下心来。对于母亲,粥的作用不仅是喂饱肚子,是养生,还能养病，算是母亲这一辈子喝过最不一样的粥了。

如今，母亲不在了，没有人再熬她曾经熬过的那些菜粥和"嘎嘎儿"汤了。偶尔，我会熬一些菜粥，是学习广州人煲粥的方法，先将白米在清水里泡一夜，再放进锅里上火慢熬，熬的时候，点几滴色拉油，然后放些新鲜的青菜，粥熬得极其烂糊，几乎见不到米粒，非常香。有时候，会放进肉丝和皮蛋块，学广州人做的皮蛋瘦肉粥，或放进新鲜的虾和海蟹，熬一锅海鲜粥。有一次，放进从武汉带回的红菜薹，味道新鲜，别具一格。只是，这些花样繁多进化好多的粥，母亲一样也没有喝过。

月 饼

中国的节日,一般都和吃联系在一起。这和中国传统的节气相关,每一个节日,都和节气呼应着的,每一个节日便都有一个和节气相关联的吃食做主角。

记得小时候每到中秋节,特别羡慕店里卖的自来红、自来白、翻毛、提浆,那时就只有传统月饼老几样,哪里有如今又是水果馅又是海鲜馅,居然还有什么人参馅,花脸一样百变时尚起来。可那时中秋的月饼在北京城里绝对地地道,做工地道,包装也地道,装在油篓或纸匣子里,顶上面再包一张红纸,简朴,却透着喜兴,旧时有竹枝词写道:"红白翻毛制造精,中秋送礼遍都城。"

只是那时家里穷,买不起月饼,年年中秋节,都是母亲自己做月饼。说老实话,她老人家的月饼,不仅远远赶不上致美斋或稻香村的味道,就连我家门口小店里的月饼的味道也赶不上。但母亲做月饼总是能够给全家带来快乐,节日的气氛,就是从母亲开始着手做月饼弥漫开来的。

母亲先剥好了瓜子、花生和核桃仁,加上用擀面杖擀碎的冰糖渣儿,撒上青丝红丝,最后浇上香油,拌上点儿湿面粉，便是月饼馅了。然后，母亲用香油和面，用擀面杖擀成圆圆的小薄饼，包上馅，再在中间点上小红点儿，就开始上锅煎了。怕饼厚煎不熟，母亲总是把饼用擀面杖擀得很薄，我总觉得这样薄，不是和一般的馅饼一样吗？店里卖的月饼，都是厚厚的，就像京戏里武生或老生脚底下踩着厚厚的高底靴，那才叫角儿，才叫做月饼嘛。

每次和母亲争，母亲每次都会说："那是店里的月饼，这是咱家的月饼。"这样简单的解释，怎么能够说服我呢？我便总觉得没有外面店里卖的月饼好，嘴里吃着母亲做的月饼，心里还是惦记着店里卖的月饼。其实，那时候哪里知道，母亲亲手做的月饼，是外面绝对买不到的月饼。当然，明白这一点，是在我长大以后，小时候，孩子都是不大懂事的。

好多年前，母亲还在世的时候，中秋节时，我别出心裁请母亲动手再做做月饼给全家吃。其实，是为了给儿子吃。那时，儿子刚刚上小学，为了让他尝尝以往艰辛日子的味道，别一天到晚吃凉不管酸。

多年不自己做月饼的母亲来了情绪，开始兴致勃勃地做馅、和面、点红点儿，上锅煎饼，一个人拳打脚踢，满屋子香飘四溢。月饼做得了，儿子咬了两口就扔下了。他还是愿意到外面去买商店里的月饼吃，特别嚷嚷要吃双黄莲蓉的。

如今，谁还会在家里自己动手做月饼？谁又会愿意吃这样的月饼呢？都说岁月流逝，其实，流逝的岂止是岁月？

金 糕

鲜鱼口内,有一座二层八角的转角楼,如今装修粉刷一新,还顽强地挺立在那里。这座转角楼是老北京有名的金糕店泰兴号,最早开张在清末,是家老字号。因为掌柜的姓张,人们都管这家老店叫做金糕张,就像豆汁丁、爆肚冯、羊头李等一样,人们都愿意把他们的姓氏放在买卖的后面。这是老北京的一种风俗吧,像是一种昵称,叫得顺嘴,叫得比他们的店名也显得亲切。叫的时间长了,叫习惯了,都叫它是金糕张,人们倒忘了它的本号泰兴。

金糕就是山楂糕,现在还有卖的,现在吃的果丹皮、山楂片之类的山楂制品,都是它的变种,只不过那时候真的是讲究质量和信誉,没有像现在敢把烂山楂再加上化工色素去糊弄人。当年慈禧太后爱吃这一口,专门派人出宫到金糕张这里买山楂糕,金糕张一看是皇宫里来人,又是老佛爷要吃,哪儿敢怠慢,赶紧连夜精心制作,进贡给老佛爷。老佛爷果然爱吃,连连称赞,只是觉得山楂糕这名字不雅,赐其名为金糕。有时候,你还真得佩服老佛爷,一个金字,点石成金,好家伙,这玩意儿如金子一般,一下子抬高了它和泰兴号的地位。据说，泰兴号的生意一时间特别兴隆，四城的人前来买金糕的很多，算是现在的名人效应吧，老佛爷成了泰兴号的一块最大的广告。当时还有人专门给它送了一块匾额，上书"泰兴号金糕张"六个大字，成为鲜鱼口一块醒目的招牌。

小时候，家离它很近，但它对于我们这样生活拮据的人家来说，并不会轻易花钱买。真的买这玩意儿，一般是要等到过年，主要是把金糕和白菜心再加点儿白糖拌在一起，红白相映，酸甜爽口，作为一道凉菜吃，是我爸的下酒菜，我和弟弟在一旁沾点光，吃几筷子。

年前买金糕的活儿，一般我妈让我去，只是要格外嘱咐我：一定去金糕张啊！

那时候，金糕是很大的一块，放在玻璃柜里，你买多少，店家用一把很长很细的刀子，切下一块，上秤一约，用一种半透明的江米纸包好给你，这种江米纸可以吃。我便托着块金糕，像托着一块软乎乎的豆腐似的托回家，走到半路上，先急不可耐地把这层江米纸吃了，再咬一块金糕尝尝鲜。

炸 糕

深沟小巷，离我们大院很近。小巷口，有块往里面凹的弹丸之地，挤着三家小店，像是挤着小小的三瓣蒜，分别是和记杂货店、力胜永油盐店、泰丰楼肉铺。别看店都只有芝麻粒大，名号起得都不小，门上都挂着自己的匾额。泰丰楼肉铺门前的空地最宽敞，掌柜的是胶东人，有浓重的口音，说话就像说山东快书，人很和气，特别爱和我们小孩子逗着玩。

每天早晨，卖炸糕的小推车，总会准时摆在三家店前的空地上。比公鸡打鸣都准！这是卖肉的说的话。虽然小推车主要挡住肉铺的大半个店门，但是卖肉的从无怨言，更不会把炸糕摊赶走，相反和卖炸糕的小贩相处得很好。

卖炸糕的小贩是个河北农村来的汉子，他炸的炸糕，三分钱一块，黄黏米面，炸得外焦脆脆有声，里面绵软可口，自己糗的豆馅，豆粒感十足，沙沙的，又甜又有嚼头，很受附近街坊们的欢迎，我也常去买他的炸糕。

我读小学六年，卖炸糕的小推车，每天早晨，一准儿会出现在三家店前。读初一的一天，忽然发现，小推车还在三家店前面，卖炸糕的人不见了。有他的时候，大家没觉得什么，没了他，一下子不大适应，像是被忽然闪了一下。其实，附近也有卖早点的，油条包子什么的，但没有卖炸糕的。街坊们开始想念那个河北来的汉子，到肉铺买肉的时候，问：卖炸糕的哪儿去了？生意做得挺好的，怎么说没影儿就没影儿了呢？

卖肉的告诉大家，他回老家正定了。

为什么？家里有事了？

还真是家里有事了。他老婆在老家村里带孩子，伺候老人，突然得了什么急病，人还没送到县城的医院，就死在了半路上。

卖炸糕的匆匆忙忙往家里赶，连小推车都没顾得上处理，只是跟卖肉的说了声，就要往火车站赶。火车站，离我们这里很近，穿过深沟，沿着护城河边往西走一点儿就到。他这突然离去，让卖肉的愣在那里，一时没有反应过来。等他醒过神来，赶紧把这一天卖肉的钱都划拉在手里，追出门去。旁边杂货店和油盐店的掌柜的，也都听到了卖炸糕刚才说的话，都走出来，塞给卖肉的一点儿钱，什么话都没说，就让他赶紧追卖炸糕的。卖炸糕的心急走得快，快到火车站了，卖肉的才追上。

这些都是听街坊们说的，街坊们是听卖肉的讲的。我回到家，又讲给我爸我妈听，他们都不住地感慨，说这三家店的掌柜的，都是好心人。

我弟弟在一旁也听到了，拉着我在里屋说：我的存钱罐里有过年的压岁钱，要不拿出来给卖炸糕的吧。

我对弟弟说：行了吧，人家都回老家了，你上哪儿给去？再说你那里有几个钱？

我爸在外屋听见我和弟弟说话，走进来，说：弟弟是好心，等卖炸糕的回来，再去给他，添只蛤蟆添点儿力，也是一点儿心意。

弟弟说：对呀！等卖炸糕的回来给！

但是，卖炸糕的没有回来。很长一段时间，他的小推车，一直停放在三家店的门前，谁也没有把车移走，都觉得有一天早晨，他还能出现在这里，给大家炸他那好吃的炸糕。

盖浇饭

广玉饭馆,这辈子,我只进去过一次,是读初二那年初冬。它离我家住的大院不远,据说民国时期就开在那里。

那时候,赶上连年自然灾害,家里的粮食总也不够吃,我和弟弟正是长身体要饭量的年龄,一天到晚,肚子里空荡荡,总觉得饿。有一天下午放学,路过广玉饭馆,一股饭菜的香味,像小狗一样从饭馆里窜了出来,热乎乎地直扑进我的怀里。禁不住站在那里,肚子咕咕叫得更厉害。

那是我第一次仔细端详着它,才发现它有些特别。一般饭馆的厨房是在后面,它家厨房在前边,而且是明厨,临街。一整天开火点灶,里面很热,即使是天冷,只要不刮风下雪,也要窗户四开,好像诚心让大家看见,吸引人们进去吃饭。炉火闪烁,油烟四起,蒸气翻腾,厨师颠勺翻炒的忙碌样子,一览无余,好像在上演煎炒烹炸的一台大戏。炒菜爆出的香味,更会像放学之后一群调皮的孩子一样闹腾腾地窜到街上,横冲直撞到过往人们的鼻子里。

这样的情景,看得我有些目瞪口呆,嗓子眼儿里没出息地直咽口水。到底没有禁得住这一股股冲撞在鼻子里的香味的诱惑，鬼使神差，我走了进去。

还没有到饭点儿，里面没有几个客人。整个屋子挺宽敞，静得让人有些心慌，因为我从来没有独自一个人进过饭馆。忽然，有些后悔，责备自己怎么就那么馋？现在，走出去，还来得及。

正想转身出门，一个声音传过来：吃点儿什么呀？

问话的是位阿姨。原来前面不几步，就是开票收钱的小柜台，阿姨站在小柜台的后面。这么一问，我不好意思后退离开了，只好硬着头皮走上前去，要了一碗盖浇饭，因为只有这个盖浇饭听同学说过，说是物美价廉。

阿姨收了钱和粮票，开了一张手指宽的小纸条，递给我，然后，冲着前面的厨房清脆地喊了声：盖浇饭一碗！

我走到前面的厨房前，把纸条递给了大师傅，大师傅接过纸条，夹在一个木夹子上，很熟练地从饭锅里舀出一碗热腾腾的米饭，然后掀开一口锅的锅盖，舀出一勺黑红黑红的东西，极其夸张地把勺子高高举过头顶，把这股稠乎乎的浇头儿准确无误地浇在米饭上，冒着热气的浇头儿，滑下来一道弧线，如果是彩色的话，真像一道彩虹，看得我直发愣。

我端着热腾腾的盖浇饭，在靠窗的桌前坐下，慢慢地吃。这是我第一次吃盖浇饭，浓稠的浇头儿上，漂着几片黑木耳和海带，还有几片肥肉片。那时候，每人每月只发半斤的肉票，我都好久没有吃过肉了，那肥肉片很香，吃起来，觉得比学校里和家里做的饭都要香。我慢慢地吃，咂摸着滋味，不舍得很快吃完。毕竟是第一次吃盖浇饭。

忽然，窗前有一个影子，借助黄昏时晚霞的余光，沉甸甸压在这碗盖浇饭上。抬起头一看，是弟弟，脑袋趴在窗玻璃上，正瞪着眼睛看着我，看得我好像一下子人赃俱获，一时不知如何是好。我慌忙地垂下了头，不敢再和弟弟的眼睛对视。

过了好大一会儿，我抬起头来，窗外已经没有了弟弟的影子。

那一晚，回到家，十分害怕弟弟当着爸爸妈妈的面，说起我在广玉饭馆吃盖浇饭的事情。我饿，他就不饿吗？

那天晚上，弟弟没有说。一连好几天，弟弟什么也没有说，甚至连问我一句都没有问。

芝麻酱

芝麻酱，在别的地方的重要性怎么样，我不清楚，在北京，芝麻酱对于老百姓至关重要，是那样地不可或缺。特别是以前很长的一段时期，到了夏天，拌凉面，是普通人家的基本吃食，简单、便宜，又好吃；如果再加上拌凉粉，哪里能够离得开芝麻酱呢？

在其他日子里，芝麻酱也离不开百姓的日常生活。比如，在我家，那时候烙一张芝麻酱糖饼，就是改善生活的大餐，一般得到节假日，或者是学校组织春游时，才会给我特意带的午餐。

所以，那时候，老舍先生当北京市人大代表期间，给大会提的议案，是增加老百姓的芝麻酱的供应量。

我小时候，芝麻酱，对我真的是一种诱惑，逗我的馋虫。每家每月的芝麻酱定量有限，我已经忘记是每人几两了，反正少得可怜，要节省着吃。有时候，我妈派我到副食店里买芝麻酱，看见售货员拿着一个木制的小提斗，从芝麻酱桶里扛芝麻酱，再倒进我拿的玻璃瓶里，上秤称分量，少了，再加点儿；多了，还要从瓶子里再倒出一点儿，锱铢必较的精确劲儿，每一次都让我心里啧啧埋怨：就多这么一点儿都不行吗？

那时候，一点儿芝麻酱，就是这么金贵！买回芝麻酱，我妈会放在柜门里我和弟弟够不着的最高处，这是怕我们偷吃。但我妈忘记了，我和弟弟踩着椅子，不就够着了吗？当然，我们怕妈妈发现，只是用手指蘸上一点儿芝麻酱，解解馋而已。

前些年，我和我的中学同学——后来成为剧作家的李龙云，在一起聊天时候，说起童年我和弟弟偷吃芝麻酱的事。他对我说：我也偷吃过我家的芝麻酱，我家的芝麻酱，我妈怕我偷吃，也是放在柜门的最高处，我也是踩在椅子上……和我不大一样的是，他偷吃的时候，不小心把芝麻酱瓶子打碎了，那可是闯大祸了。

我相信，和我们年龄差不多大的那一代孩子，不少曾经有过偷吃家里芝麻酱的经历。

我读初一的时候，记得很清楚，是那一年冬天，下午放学之后，从学校出来，在崇文门外大街，靠近花市大街西口，一家饭馆门前有人排队，风很大，还有那么多人。路过那里，一眼看见是卖窝头，不要粮票。那时候，每月粮食每人有定量，按照定量发你粮票，饭馆里卖吃的不要粮票，少之又少，怪不得那么多人排队。

我也去排队。排到前面，看清了，每人只卖半个窝头，但窝头上抹了一层芝麻酱，又撒上一点儿白糖。芝麻酱抹白糖,实在是太好吃了!我只吃过我妈烙的芝麻酱红糖饼,这样芝麻酱抹白糖的吃法,还是头一次。那种芝麻酱香香的、白糖粒沙沙的感觉,尽管过去了六十三年,至今仍记忆犹新。花市街头,风还在瑟瑟吹过来。

黑　枣

小时候，入冬后，常买黑枣吃。因为它便宜，二分钱能买一大把。小贩一般用废报纸或旧书页，叠成一个漏斗形，抓一把黑枣撒在里面。这是小贩的精明，上宽下尖的纸包，装的黑枣显得很多。黑枣禁放，保存的日子久，可以吃老长一阵子。

黑枣成熟晚，黑枣落树，摆在城里的小摊上一卖，等于告诉人们，秋天结束，冬天就真的到了。在老北京人尤其是小孩子的眼睛里，黑枣上市，意味着月份牌要掀开冬天这一页了。

黑枣，名字叫枣，其实和枣并不是一家子，倒和柿子同属柿树科，是血脉相连的一家。吃起来，它们的味道还真有那么一点儿相似，特别是和晒干的柿饼的味道比，黑枣更是有一种脱不开同宗同族的干系。只不过，黑枣的个头儿很小，也就如指甲盖那样大小，像是小时候没发育好，一直长不起来，和个头儿硕大的柿子没法比。两厢站在一起，一个如豌豆公主，一个似敦敦实实的胖罗汉。颜色也悬殊太大，一个黑得如小煤渣，一个橙红橙红得像小太阳。

尽管看起来柿子要堂皇些，但是，我们小孩子更愿意花两分钱买一包黑枣。柿子只要咬一口，就得把整个柿子吃完，没法放。黑枣可以放，今天吃一点儿明天再吃一点儿，解馋。吃黑枣，一粒粒的，像吃糖豆儿，挺好玩的，就是有个缺点，里面的籽儿多，得边吃边不住吐籽儿。不过，这样可以拉长吃的时间。那时候，我们就是这样地寒酸，又是这样地馋。

玩弹球或拍洋画的时候，输了，舍不得把玻璃球或洋画给对方，我们也常用黑枣替换。反正是玩，并不真的就想赢一个玻璃球或洋画，赢几个黑枣，心理上也占了上风。

以前，在老北京的院子里，讲究种一些树木，种柿子树的有不少，图的是"事事（柿柿）如意"的吉利。种枣树的也有不少，但种黑枣树的极其少见，其原因可能是不吉利吧。过去老北京话，管被枪毙叫做"吃黑枣儿"，是挨枪子儿的意思。

前些年，为写《蓝调城南》，曾经走访老北京那么多的老院，我只在西河沿192号，原来的莆仙会馆里，见过一棵老黑枣树。我从来没有见过黑枣树，专门去看它。正是夏天，它开着一树的小黄花，落了一地的小黄花，碎金子一般闪闪发光，比我们大院里的马牙枣的枣树开的枣花要漂亮得多。

酸枣面

酸枣面，是我小时候常见的一种吃食，小孩子都爱买。它便宜，一两分钱就能买上一小块。

我家住的大院的大门，原来是座广亮式的，门前很宽敞，下面有个高台阶，我们大院王大爷的小摊，就摆在大门前，他那里就卖酸枣面。酸枣面的样子，像黄土，颜色也像黄土，一堆黄土，小山一样堆在摊子上，很硬，得用小木榔头，才能把它敲下来。王大爷的酸枣面的小山，被敲得坑洼不齐，像荒山野岭。

我们常拿着零钱去买酸枣面，你买一分钱两分钱的，王大爷就敲一块给你。榔头哪有个准，敲下来的酸枣面大小不一，我们常看见谁买的块儿大，嚷嚷着让他分一点儿给大家，谁就骄傲得像风一样跑走，自己独吞占来的便宜。

那时候，实在没有什么零食吃，对于大多穷孩子，就是吃一颗没有包糖纸的硬块水果糖，也得等到过年呢。应季的水果，除了夏天的西瓜、秋天的沙果，别的就很少能吃到了。在我的印象中，只有酸枣面一年四季常可以吃点儿，毕竟它便宜，而且放到什么时候都不会坏。

有一阵子，听别的孩子说用酸枣面冲水喝，又酸又甜，像汽水一样，特别好喝。那时候，买一瓶北冰洋汽水，要一角五分钱，谁家舍得花这么多钱？我很想试试用酸枣面冲水，但只用一点儿，是逗咳嗽玩儿，不会有什么味儿；一下子用那么多，不如一点点慢慢地吃，留给馋嘴的自己多点儿念想。

六年级的暑假，我去呼和浩特看姐姐。弟弟嘱咐我多买点儿酸枣面带回来。他听院里的大孩子说，酸枣面都是山西和内蒙古产的，要比北京便宜得多。虽然，过了暑假，我就上中学了，但还是和小孩子一样馋，心里想，如果真的很便宜，就多买一些，带回北京，给大院那帮比我还馋的孩子，一人冲一杯酸枣面的汽水喝。

姐姐家住在城边一个叫四合兴的地方。那个地方像一大棵卷心菜，最里面，新建不久的一片楼房，是铁路宿舍；楼房外面有一些平房，好多是土坯房，是当地人住的老房子。再外面便是这片开阔地，种着几排高大的白杨树。包裹在最外面的，是一座叫做新华桥的水泥桥，桥下没有水，干涸的黄土裂开着口子。走过新华桥，可以到老城区。我还没有去过，不知道要走多远。

那天，我下楼，来到这片空地上，想问这帮孩子到老城怎么走，去老城，总应该能买到酸枣面。

白杨树下疯跑的孩子，看我一个陌生人走过去，忽然不跑了，停在那里，很好奇又有些疑惑地望着我，大概我的穿戴和他们不大一样吧。

是几个男孩子和女孩子，其中一个小女孩年龄最小，被塞外太阳晒得黝黑黝黑的小脸上，有一双黑亮黑亮的大眼睛，正呆呆地望着我。我问她：你知道去老城怎么走吗？

她没有回答，却立刻笑了，黑黑的大眼睛里，闪着一种我猜不出来的光，似乎她所有的心情都浓缩在这一闪的光和笑里面了。我猜想，大概是在这一群孩子里，我没有问别人，独独问了她。

停了一会儿，她才对我说：我知道。然后，她紧接着对我说：我带你去吧！

我跟着她走，其他的孩子散了，接着绕着白杨树疯跑。

走过新华桥，我问她：远吗？

不远！

我又问：用坐公交车吗？

不用，抄近道，一会儿就到。

她带着我走近道，是土道，周围不是空地，就是土房子。我们边走边说着话，我知道她上小学三年级。

她说：我们都见过你，知道你是从北京来的，住铁路宿舍，对不对？说着，她冲我俏皮地眨眨大眼睛。

我问她：你住哪儿？是那片平房吗？

她点点头。

我知道了，她的爸爸妈妈就在老城一家工厂上班。

我问她：知道老城在哪儿能买到酸枣面吗？

她一听就笑了：你们北京人也爱吃这东西？

我说：是呀！北京的孩子和你一样地馋呢。我们还用酸枣面冲水喝呢！

她笑得更厉害了：是吗？我们也用酸枣面冲水喝！

果然，抄近路，很快就到了老城。轻车熟路，她带我买到了酸枣面。她带着几分骄傲的神气对我说：我敢说，这是老城里卖得最便宜的酸枣面！

我抱着一大包酸枣面胜利而归。空地上，白杨树下疯跑的孩子已经回家。走到那片平房前，她对我说：我到家了。我谢了她，使劲儿掰下一大块酸枣面送给她，她连连摆手说不要，说着就跑了。我追了几步，把酸枣面塞在她的衣兜里。

以后好几天，我都没有见到这个小姑娘。我很想见到这个可爱的小姑娘。不知道为什么，白杨树下，见到别的孩子绕着树疯跑，或打闹，或捉迷藏，就是没有见到她。

我问那帮孩子：那个小姑娘怎么没来玩呢？

他们望着我，都不说话。最后，一个男孩子憋不住了，对我说：还不是因为你！

我很奇怪：怎么是因为我呢？

他接着说：你给她酸枣面，她妈看见了，问她哪儿来的，她妈就不让她出来玩了！不是因为你，因为谁？她一直和我们玩得好好的！

我有些发愣，一点儿没有想到，痴呆呆说了句：我是个坏人吗？

谁知道！他撇撇嘴，甩下这样一句话，扭身跑走了。那群孩子跟着他也跑走了。

回到北京，我把一大包酸枣面给弟弟，对他讲起了帮我买酸枣面的这个小姑娘的事情。他非常不解地说：为什么？她妈怎么这样呢？不就是酸枣面嘛！说完，就忙着用酸枣面冲水喝去了。

柿 子

柿子，是贫民孩子的水果。柿子不贵，而且，比起别的水果，还能魔术般变身，有它的改良版和升级版。

柿子变柿饼，柿饼便是其改良版。晾晒柿饼是一绝，晒干的柿饼，外表挂一层白霜，像柿子整容后涂抹的粉底霜，容光焕发。而且，还改变了柿子的身材和模样，将原来的高桩或磨盘形的柿子晒成了扁扁的如同馅饼的样子，柿饼的"饼"起得真好，那样形象，又有烟火气。

柿饼冬天可以吃，夏天也可以吃，而且是夏天做冷食果子干必不可少的最重要食材。在没有冰箱储存、没有换季果蔬的年月里，一种水果，四季可吃，是很少见的。柿子变为柿饼，足见大自然的功力，水果如此易容变色的，还能成为美味，是很少见的。

冻柿子是柿子的升级版。表面模样没变，但在数九寒风的作用下，柿子冻得梆梆硬，里面的果肉都冻成了结实的冰块儿。在北京所有的水果里，只有冻酸梨能和它有一拼，其他任何水果这样一冻就没法再吃了。如果说水果和人一样，也有性格的话，那么，柿子的性格，和经霜雪后而不凋的松柏，有几分相似。有时候，我觉得特别像那些在朔风呼啸的冬天里跳进冰河里游冬泳的人。

我最爱吃这种冻柿子。周围不少孩子，和我一样也爱吃这玩意儿。冻柿子必须要用凉水解冻才能吃，否则根本咬不动。整个过程，有专用词，叫做拔柿子。这"拔"字，是北京人独有的用法，和中医治病拔罐子的"拔"，意思一样。拔罐子，是要把你体内的火和邪气拔出来。拔柿子，是把柿子里冻的冰和寒气拔除出来。

拔柿子的过程，很有意思。凉水和冻柿子，都是一样的冰凉，凉碰凉，竟然相互渗透，彼此化解，像石头和石头碰撞出火花一般，起到了神奇的作用，等柿子外面结成了一层透明的薄冰的时候，凿碎薄薄的冰碴儿，柿子就可以吃了。

那时候，家里的大人买回来冻柿子，我和弟弟迫不及待地从自来水管子接来满满一盆凉水，开始拔柿子。蹲在地上，看着凉水中冻柿子的变化，像看一出大戏，等待着它的高潮出现。那高潮我们早已经知道，就像一出老戏一样，明明知道故事的结尾，却还是看不够地等待着柿子的外壳出现那一层薄冰。等了老半天也没见动静，最让我们心急如火。

终于等到柿子的外壳渐渐地被凉水拔出了一层薄薄的冰，每一次都会让我们兴奋异常。柿子皮像纸一样薄，几近透明；里面的肉，已经变成了糖稀一样黏稠，咬开一个小口，使劲儿一嘬，里面的果肉像汁液一样流淌出来，很自觉地就顺着嗓子眼儿滑进肚子里，冰凉，转而热乎，甜甜的，又有一丝丝香味儿，真是一种奇妙无比的感觉。现在想想，有点儿像奶昔。北京人形容这种柿子和吃柿子的样子，叫做"喝了蜜"。

吃到最后，如果还只剩下咬破的那一个小口，其他地方没破的话，我会用嘴对着这个小口，使劲儿地吹气，能把柿子皮吹得鼓鼓胀胀，像一个小皮球。对着阳光照，薄薄的柿子皮，被阳光映照得橙红色变淡，阳光像水一样在里面流淌。如果柿子皮破了，我就将皮撕开，吃里面的柿子核。包裹柿子核外面有一层肉很有韧性，禁嚼，和柿子肉不是一种味道。我特别喜欢嚼柿子核。有时候，我会突然觉得，柿子核，会不会就是柿子的心呀？我怎么会把人家的心给嚼了呢？就会觉得人真的太残忍了，什么都吃！

大人也爱吃这种"喝了蜜"的冻柿子。有些大人按照祖辈传下来的老规矩，入九之后，每个九的第一天，吃一个冻柿子，一直吃到九九，可以防治咳嗽。这样的传统，有点儿像画九九消寒图，在每个九时画上一朵梅花，到九九结束的时候，满纸梅花盛开，图的都是冬去春来的吉利与安康。那时候，我住的大院里，房东特别信奉这种吃冻柿子治咳嗽的老法子。他家的窗台上，入冬后会摆放着一排整整齐齐的磨盘柿子，格外醒目。那时候，北京雪多，赶上下雪天，橙黄的颜色，在白雪的衬托下，那样鲜艳，像是给房东家镶嵌起一道琥珀项链，成为了我们大院独特的一景。

前两年的冬天,芝加哥大学东亚系的宝拉教授,带着她的美国学生到北京访学。她是意大利人,在美国读的博士后教书,教授中国文学,说一口流利的中文。她对史铁生很感兴趣,专门请我带她到史铁生家中拜访过。这一次,她教的这些学生刚刚读过老舍的《骆驼祥子》,便找我帮她带着第一次来到中国的这帮年轻学生,看看北京的老胡同。我带他们逛八大胡同。在陕西巷的赛金花旧居怡香院附近,看到一家窗前摆着一排柿子。在美国,她没有见过,问我这是什么,我告诉她是柿子,要冻过之后再用凉水拔过再吃,以及入九之后每个九的第一天吃这样一个"喝了蜜"的冻柿子,可以治咳嗽的传统。她听了很惊奇,将我的一番话翻译成英文给她的学生们听,学生们也很惊奇,连连掏出手机给这一排陌生的柿子噼里啪啦地拍照。

黑崩筋儿

黑崩筋儿，是一种西瓜，长圆形，黑皮上有一道道鼓起的筋脉，切开，红瓤黑籽，颜色鲜亮，很是分明。

如今，这种西瓜早就没有了。从黑崩筋儿，到早花，到京新，再到如今的麒麟瓜，分别代表着几代北京人的童年。

在我这一代，或者再加上一代，黑崩筋儿，是老北京人夏天里的家常瓜。街头巷尾，到处都有西瓜摊，到处都能听到卖西瓜的吆喝声，到处卖的是这种清一色的黑崩筋儿。"卖西瓜咪——斗大的西瓜，船大的块儿，青皮红瓤，杀口的蜜呀！"卖西瓜的这样的吆喝声，我们耳熟能详，逗我们的馋虫。其中吆喝的"青皮红瓤"，说的就是黑崩筋儿。

那时候，我爸下班有时会买回一个黑崩筋儿，但不会让我和弟弟马上吃，总会先从自来水管子里接来一桶凉水，把瓜放进凉水桶里，一泡很长时间，起码要到吃过晚饭之后好久。所谓浮瓜沉李，西瓜浮在水面上，一定是熟瓜，为什么是熟瓜了呢？因为熟了的瓜，比生瓜要轻……那时我爸爸每一次吃瓜之前，总忘不了先切下瓜屁股上的一点儿皮，一边用这西瓜皮擦拭我们家的那把菜刀，一边要在自问自答里教育我和弟弟这样一番科学道理，全然不顾我们早已经迫不及待要吃瓜的蠢蠢欲动。

每一次吃西瓜之前，我爸总是这样从把西瓜泡进凉水桶里开始，不厌其烦地进行这样一系列繁文缛节的程序，让每一次吃西瓜具有一种仪式感。这让我和弟弟很不耐烦，他却并没有发觉，以为他说的是真经，会让我们受益无穷，我们都认真在听呢。

长大以后，读唐诗，读到李颀写过这样一首西瓜诗："北窗卧簟连心花，竹里蝉鸣西日斜。羽扇摇风却珠汗，玉盆贮水割甘瓜。"知道了在没有冰箱和冰块的条件下，这样用满盆满桶的凉水泡瓜，是早在唐代就有的传统了，便会想起父亲买回西瓜要在水桶里泡那么长时间，才会切开让我和弟弟吃的情景。如果第三句"羽扇摇风却珠汗"，改成"沉李浮瓜说道理"，就更符合当年我家夏天吃黑崩筋儿的情景了。

冰核儿

在北京，不知什么时候时兴吃冰解暑。《燕京岁时记》中说："各衙门例有赐冰。届时由工部颁给冰票，自行领取，多寡不同，各有等差。"看这则旧记，旧时京都之夏，居然由工部这样正儿八经的衙门颁发冰票，还得按官阶大小领取。这得让现在的孩子笑掉大牙。但那时的冰属于贵物，独王公贵族享用。

读过一本《北京民间风俗百图》，清同光年间版本，不知出自何人之手画成。其中有一幅题为"舍冰水图"，上有工整小楷题词："凡三伏时，官所门首搭一席棚，木桶盛凉水，上置冰一块，棚上挂黄布四块，写皇恩浩荡，民间施舍，写普结良缘，以为往来人止渴。"看出来从乾隆到同光冰的进展，不仅有衙门的赐冰，也有了官府的舍冰，冰从官员进入普通百姓之间。

在没有皇上的日子里，盛夏的人们再无须由工部颁发冰票取冰，或者搭席棚舍冰，普通人家也可以到冰窖厂去买冰了。旧京都，一北一南，各有一个冰窖厂，就都开始热闹起来了。专门在冬天结冰时藏于地下的冰窖厂，就等着天大热时节卖个好价钱。清时有竹枝词说：磕磕敲铜盏，沿街听卖冰。敲铜盏卖冰，成了那时京都一景。

由卖冰繁衍的生意，也逐渐多了起来，其中卖的一种叫做冰核儿。《燕京岁时记》里说："京师数伏以后，则寒贱之子担water吆卖曰'冰胡儿'。胡者，核也。"《都门琐记》里说是"夏日沿街卖冰核，铜盏声磕磕然。"

我小时候，这种敲着铜盏沿街卖冰核儿的景象，已经见不到了。但是卖冰的买卖还在，只不过不再做卖冰核儿这样的小生意了。冰窖厂一直存活于北平和平解放之后，南城的冰窖厂，靠近珠市口，那里还在存冰、卖冰，炎炎夏日，拉冰的板车常出入那里，东去三里河，西去珠市口，去各生意人家和富人家送冰。

那时候，我家离那儿不远，放学之后，我们一帮孩子常跟在车后面，手里攥着块砖头，趁着拉车的没注意，偷偷砸下一小块冰，然后，掉头就跑，一边跑，一边把冰块塞在嘴里。那是属于我这样的孩子不要钱的冰核儿。

那也是我们不要钱的冰棍。那时候，一根最便宜的小豆或红果冰棍，要三分钱。

有些得意的是，我们从来没有被拉车的人发现过、逮住过，或呵斥过。现在想想，也许拉车人早就发现，心想不过是一群小毛贼，谁家没有孩子，大夏天的，砸点儿冰就砸点儿吧。

羊 羹

羊羹,是我小时候吃到最高级的东西。

在我们大院里,明冬和我很要好。他比我小一岁,长得很秀气,像个小姑娘。他姐姐明春比他大九岁,长得也很漂亮,这一点,是遗传,因为他们的爸爸妈妈长得都很漂亮。明冬有一个舅舅,在北京开一家点心厂,主要做羊羹。那里离明冬家比较远,他舅舅平常日子很少来,但每年春节之前,必定会来一趟,每次来,都是坐一辆三轮车,带来好多礼物,其中最多的是羊羹。

我能吃到羊羹,就是明冬送给我的。

如果不是明冬,我根本不知道北京城还有这样一种好吃的东西。第一次吃羊羹,感觉怪怪的,和北京的小点心完全不一样的滋味,有浓浓的红小豆和一点儿栗子的味道。每一块羊羹,都是长方形,用精致的玻璃糖纸包裹着,比树皮要明亮的一种棕红的颜色,表面光滑得很,有点儿像金糕,但比金糕要更有韧劲,禁嚼得很。后来,知道了,这是一种日本的小吃。难怪和北京的点心不一样。

第一次吃羊羹,我还没有上学,以后,每年的春节之前,我都能吃到羊羹，一直吃到我上四年级为止。

这一年刚开春的时候，明冬家出了事，他爸爸不知道犯了什么案子，被判了刑，送到东北兴凯湖劳改。明冬家，一直靠他爸爸工作赚钱养家，他妈妈没有工作。他爸爸一走，家里的顶梁柱塌了。他妈妈一下子病倒了，没熬到年底，竟然一病不起，去医院治，最后也没弄清是什么病，死在医院里。

那时候，明冬的姐姐明春读高三，正在准备明年的高考。家庭的突然变故，让她不知如何是好，只好把希望寄托在唯一的亲戚舅舅的身上，希望舅舅能帮助他们姐弟俩渡过难关。明冬跟我说过，他舅舅最初在日本人开的一家叫做明治糖果厂里做学徒工，学会了做羊羹的手艺。日本投降之后，明治糖果厂倒闭了，他自己想开个做羊羹的小点心厂，没有本钱，是明冬的爸爸妈妈出资帮助了他，把厂子办了起来。

妈妈去世之后，舅舅来过一次，就再也没有露面。生活没有了经济来源，妈妈病逝欠下一屁股债。没有办法，明春只好退学，没有参加高考，先找到一份工作，在一家街道工厂当会计。

第二年的年底，明春草草结婚了，谁也不知道男的是什么人，全院的人都替明春惋惜。听大人说，结婚之前，明春向男方提出的唯一要求，是带弟弟一起住，她要把弟弟抚养成人。结婚以后，明冬和姐姐搬离我们大院。那一年，我上小学六年级，十三岁；明冬五年级，十二岁；他姐姐明春，二十一岁。

这一年过春节的时候,我和大院里几个小伙伴商量一起去看望明冬。大家都觉得,明冬太可怜了。这么小,就没有了妈妈和爸爸,在姐姐家过着寄人篱下的日子。

我们商量给明冬带点儿什么过年的礼物。大家衣袋里的钱都很少,如果等到过年家长给了压岁钱,会多一点儿,能给明冬买点儿像样的东西。可是,大家都不愿意等到过年,都想在过年之前去看望明冬。最后,大家把衣袋里可怜巴巴的一点儿钱都掏了出来,我说:就给明冬买点儿羊羹吧!他已经两年过年没有吃到羊羹了。大家都同意,因为以前都吃过他家的羊羹。

那时候,我见识很少,知道北京点心铺子很多,但真不知道哪里专门卖羊羹,正经找了好多地方呢。终于买到了羊羹的时候,想象着明冬看到我们拿着这不多的羊羹的样子,心里为自己还有些感动呢。

可是,我错了。我还是太小,不懂事。当我和小伙伴一起找到明冬的姐姐家,把羊羹递在明冬的手上的时候,明冬的脸上并没有出现我想象的高兴或感动的表情,相反,一下子就落泪了。

好久以后,我在街上遇到明冬,他不好意思地对我说,我知道你们是好意,但你们别怪我,我把你们送我的羊羹都扔了。

螺丝转

我读中学的学校对面，不远有一条胡同，叫三转桥。这是一条明朝就有的老胡同。三转桥，以前确实有桥，那时候，三里河从它东边的南河槽折西到西河槽，然后拐向南到三转桥，流到东半壁街向东，一直流入左安门的护城河，再到张家湾河道，和大运河交汇。据说，桥就在向东拐弯儿的这个地方，有人说，是拐了三道弯儿，所以叫做三转桥。

读中学时，对它的历史和地理不感兴趣。感兴趣的是，那里有一个烧饼铺，夫妻店，专门卖螺丝转。店铺很小，一个做螺丝转的大面板，一个烤螺丝转的大火炉，占去了绝大部分房间，没有什么站脚的地方了。屋子里有一道门帘，后面就是住人的地方。因此，它不像有的饭馆，再小，也摆下一两张桌子，供人吃饭。它是现烤现卖，买的人拿走了吃。

卖螺丝转的，是一对四十来岁的夫妇，操着河北口音，低头忙着干活儿，不爱说话。女的擀面做螺丝转，男的把螺丝转放进火炉里烤，还负责收钱，从炉子里拿出烤好的螺丝转递给你。冬天，这里很暖和，到了夏天，这两口子是一脸汗珠子。从早卖到天黑，一天也不知道得卖出多少螺丝转。

"螺丝转"是烧饼的一种，和普通的烧饼不一样的是，面要擀得非常薄，在上面抹匀油，再撒一层花椒盐，然后卷成筒状，轻轻压扁，上炉烤成金黄，表面看起来一圈圈的，像是螺蛳盘绕，在那里小憩，憨态十足。这种"螺丝转"，一圈圈的条儿，像丝一样细，吃起来非常脆，能够在你嘴边啧啧有声地蹦，很有嚼头，所以老北京人又叫它"干蹦儿"。

他们做的"螺丝转"非常不错，烤得很脆，从来没有烤焦过；花椒盐撒得很匀，手头准得像过了筛子。

我读中学的时候，常常到这里吃一个"螺丝转"，回学校喝一碗开水，就充当午饭了，一个才五分钱。便宜，个儿不小，能解饱。金黄金黄的螺丝转，成为我中学记忆里明亮颜色的一种。

那时候，三转桥一条胡同里，有好几个这样的烧饼铺和小饭馆，成为我们学生中午找饭辙的好去处。那里，卖面的粮店、卖日用百货的油盐店，也特别地多。总之，别看三转桥胡同不大，又挺窄巴，在附近一带，却很是热闹，烟火气息浓，人气儿旺，来来往往的，都是底层的普通百姓。

当然，去三转桥找饭辙的同学，也都是这样家境贫寒的孩子。生活境况好的同学，很少光顾三转桥，都会在学校吃食堂。那时候，学校食堂午饭一个月的饭费是五块钱。平均一天的伙食费有两毛钱，现在看不贵，但和每个螺丝转五分钱相比，就显得贵了四倍。这点儿算术，对于我这样常去三转桥的同学来说，算的是门儿清的。

前不久，旧地重访，我去了一趟三转桥。别看过去了将近六十年的时光，胡同却变化不大，好像睡着了似的，定格在过去的岁月里。轻车熟路，我找到了当年卖螺丝转的那家小铺，只是门显得很低很窄，房子显得更小更破，我长高了，它却变矮了。门锁着，窗帘拉着，不知道里面还住不住人，或者是人早搬走，就等着拆迁呢。

即使小铺依旧开张，还卖它的螺丝转，还做得那么金黄干脆好吃能喷喷有声直蹦的螺丝转，估计如今的学生也不会光顾了。

三花酒

以前，王府井北口往西拐一点儿，路南有家小酒馆。1970年的秋天，我第一次进这家小酒馆，是弟弟带我来的。那时，我们兄弟俩分别将近三年后，从青海和北大荒第一次回家探亲。他长高了我半头，酒量增加得让我吃惊。

我家以往并没有嗜酒如命的人。细想一下，父亲在世的时候，爱喝两口酒，不过是两瓶二锅头，要喝上一个月；八钱的小盅，每次倒上大半盅，用开水温着，慢慢地啜饮，绝不多喝。

不满十八岁，弟弟只身一人报名到青海高原，说是支援三线建设，说是志在天涯战恶风，一派慷慨激昂。

那天，我们来到这家小酒馆。店铺不大，却琳琅满目，各种名酒，应有尽有。弟弟要我坐下，自己跑到柜台前，汾酒、董酒、西凤、古井、洋河、三花、五粮液、竹叶青……一样要了半两，足足十几杯子，满满一大盘端将上来，吓了我一跳。

我的脸立刻拉了下来："酒有这么喝的吗？喝这么多？喝得了吗？"

弟弟笑着说："难得我们聚一次，多喝点儿！以前，咱们不挣钱，现在我工资不少，尝尝这些咱们没喝过的名酒，也是享受！"

他特意指着一杯酒，对我说："这是桂林的三花酒，我特别喜欢，你尝尝，很柔和，你肯定也喜欢！"

我第一次听说三花酒，没有喝，看着他慢慢地喝。

秋日的阳光暖洋洋、懒洋洋地洒进窗来，注满酒杯，闪着柔和的光泽。他将这一杯杯热辣辣的阳光，一口一口地抿进嘴里，咽进肚里，脸上泛起红光和一层细细的汗珠，惬意的劲儿，难以言传。我看出来了，三年的时光，水滴也能穿石，酒不知多少次穿肠而过，已经和他成为难舍难分的朋友。

想起他孤独一人，远离北京，在茫茫戈壁滩上的艰苦情景，再硬的心，也就软了下来。

还是个没长大的孩子，就爬上高高的石油井架，井喷时喷得浑身是油，连内裤都油浸浸的。扛着百多斤重的油管，踩在滚烫的戈壁石子上，滋味并不好受。除了井架和土坯的工房，四周便是戈壁滩。除了芨芨草、无遮无挡的狂风，四周只是一片荒凉。没有一点儿业余生活，甚至连青菜和猪肉都没有。只有酒。

下班之后，便是以酒为友，流淌不尽地诉说着绵绵无尽的衷肠。第一次和老工人喝酒，师傅把满满一茶缸白酒递给了他。他知道青海人的豪爽，却不知道青海人的酒量。他不能推脱，一饮而尽，便醉倒，整整睡了一夜。

从那时候起，他像换了一个人。他的酒量出奇地大起来。他常醉常饮。他把一切苦楚与不如意，吞进肚里，迷迷糊糊进入昏天黑地的梦乡。

他在麻醉着自己。其实，也是对自己命运无奈而消极的磨噬。但想想他那样小，而且远在天涯，荒漠孤烟，那样孤独无助，又如何要他不喝两口酒解解忧愁呢？于是，只要想起这些，总会动了恻隐之心，喝就喝点儿吧，尽量少就是。

可是，他并没有少喝。从那年王府井的小酒馆相聚之后，他与时俱进，越喝越多。想想，人和人的心真是难以沟通，即便亲兄弟也是如此。我知道他生性狷介，与世无争，心折寸断或柔肠百结时愿意喝喝酒，萍水相逢或阔别重逢时愿意喝喝酒，工作劳累或休息闲暇时也愿意喝喝酒，独坐四壁或置身喧嚣时还愿意喝喝酒……我并不反对他喝酒，只是希望他少喝，尤其不要喝醉。这要求多低、这希望多薄，他却只是对我笑，竖起一对早磨起茧子的耳朵，雷打不透，水滴不进，不相信这么喝，会要了他的命。肝胆易倾除酒畔，弟兄难会最天涯。

1973 年秋天，我和弟弟分别从北大荒和青海回北京，他拉着我再去王府井这家小酒馆，我没有去，劝他也别去。他听了，没有去。

那一年，我先于他几天离开北京，刚到北大荒没两天，就接到家里拍来的电报：父亲脑溢血病故。同样的电报，也拍到青海,可弟弟还在返回青海的火车上。我赶回北京的时候,进门一眼就看见窗台上摆着一瓶三花酒,没有喝完的酒,在瓶子里闪着光。我明白了,在我离开北京之后,弟弟还是去了王府井的那个小酒馆。他还买回一瓶他喜欢的三花酒,让父亲也尝尝。

褡裢火烧

天津人管褡裢火烧叫肉火烧。

那年，我弟弟从青海回北京探亲，我带他去了一趟天津，在我老丈人家住了两天。当天晚上，吃的第一顿饭，是丈母娘做的褡裢火烧。老太太系着围裙，亲自下厨，她端上一盘热腾腾的褡裢火烧，招呼着我和弟弟：快来，趁热吃，尝尝我做的肉火烧怎么样！

那是我弟弟第一次来我老丈人家。虽然，以前彼此没见过面，但是，我老丈人一家对我弟弟已经很了解，自然，都是我爱人早对他们介绍过了。他们知道我和我弟弟的身世，我生母去世时，弟弟才两岁。然后，他不到十八岁就独自一人离开家，去了青海柴达木，那么远，那么荒凉的地方，更是让他们心疼，觉得这孩子真不容易。好不容易回家一趟，又是第一次来天津，怎么也要好好招待他。

老太太已经很久没做褡裢火烧了。本来是想包饺子的，比做褡裢火烧简单些。但是，老太太说：还是做肉火烧吧，饺子哪儿都能吃到。

比起包饺子，褡裢火烧是要麻烦好多。饺子，捏好皮不露馅,就可以了;褡裢火烧,要两头露馅,又不能漏馅,捏皮要点儿水平。饺子,水开了,下锅煮就行了;褡裢火烧,要在油锅里煎,不能煎煳,要煎得一面金黄,最后要倒上一层薄薄的面糊,好让它们粘连一起,才叫做褡裢。褡裢,指的是过去人们出远门肩上背的包,类似今天的挎包,只不过,搭在肩膀上,前后各有一个包,起平衡的作用,更为方便出行走远路。

自然,多了一层油煎,比饺子要好吃。

老太太做的褡裢火烧,让火烧连在一起的,用的是鸡蛋清搅上薄淀粉芡汁,便让那一层连接的皮更金黄透明。最后,在上面撒上了黑芝麻,黑白金黄,露出馅里那一点青菜的翠绿,颜色就愈发明亮而鲜艳。

馅是羊肉西葫芦,绵软、细嫩、清香。

弟弟吃得很香。他已经很长时间没有吃到褡裢火烧了。以前,我们吃褡裢火烧,是到大栅栏里门框胡同的瑞宾楼,在家很少做,嫌麻烦。

老太太没吃,坐在旁边,看着弟弟吃。看了一会儿,她起身去厨房烙下一锅褡裢火烧,端上桌,让我们继续吃。

老太太对弟弟说:吃热的。

弟弟拍着肚子说:都吃撑着了!

老太太笑了,说:没吃多少,多吃点儿!

弟弟只好接着吃,自己还不客气地给自己倒满一杯啤酒,边吃边喝。

最后，老太太端上来一锅小米粥，让大家喝，说是腻腻缝儿!

褡裢火烧吃了，啤酒喝了，小米粥也喝了。弟弟仰头靠在椅子后背上，眯缝着眼睛，很舒服惬意的样子，不知在想什么。

我看见，一直站着的老太太，撩起围裙的一角，擦了擦眼角。

鳝 鱼

弟弟结婚那年,从青海回家,先到他爱人安徽巢湖的家,然后到北京。我到火车站接他,他和他新婚妻子提着一个大大的竹篓,走下车厢。我走上前接过竹篓一看,里面满满的是一条挤着一条长长的东西在蠕动,黑黄黑黄,黏滑黏滑的,像是泥鳅。

弟弟告诉我说,不是泥鳅,是鳝鱼。

那时候,我没见过鳝鱼,很好奇那么远带回这玩意儿干吗,从巢湖要先到合肥,换火车再坐一宿呢。

弟弟听我这么说,笑了,说在车上,我怕鳝鱼憋在竹篓,缺少氧气憋死,就把竹篓提到车厢连接的地方,靠近车门,透透气,列车员看见也很好奇,围上来看,奇怪我们带这家伙到北京干什么。干什么?吃呀!鳝鱼可好吃了!

鳝鱼好吃,我没有吃过,也不会做。全家人都不会做,望着一竹篓鳝鱼,面面相觑。

那时,我妈还在世,说既然是鱼,就按照做鱼的法子做就是了!我妈做带鱼有一手,每一次,不管我弟弟回来,还是我姐姐回来,都爱吃我妈做的红烧带鱼。可是,做鱼首先得把鱼杀死，才好收拾。一家人开始纷纷下手捞竹篓里的鳝鱼，可那家伙和泥鳅一样滑，根本捞不上来。没办法，我弟弟急了，抓起竹篓，使劲儿往地上摔，把这些鳝鱼全部摔晕。可怎么去掉它们里面的内脏呢？摔晕了的鳝鱼，依旧很滑，根本拿不住，没法子下刀或用剪子弄开它们的肚子，放在案板上剁，刀刚碰到它就像受惊一样滑到案板下面了，弄不好，再伤着手。

我们把目光都集中在弟弟的新婚妻子身上。巢湖毕竟是她老家，鳝鱼就是从巢湖逮来的，她应该懂得怎么弄。可是，她在青海生，在青海长大，巢湖，只是户口本籍贯栏上的两个字。

不过，她想起来，她妈妈给他们做鳝鱼的时候，用钉子钉住鳝鱼头再钉在木板上，然后用刀开膛取出内脏。我找来一根大铁钉子，大家齐动手，学着这样的法子，虽然很笨拙，手忙脚乱，终于算把这些鳝鱼清理干净了。

下面，就看我妈亮手艺了。不知道南方人怎么做鳝鱼，我妈用的是她拿手做带鱼的老法子，把一锅鳝鱼做出了红烧带鱼的味儿。不过，比带鱼的肉要细嫩软滑，新鲜的味儿，更胜过带鱼。大家尝了弟弟和他新婚爱人大老远给我们带来的新鲜味道。

以后，每逢吃到淮扬菜里的响油鳝糊或红烧马鞍桥，我都会想起那年弟弟从巢湖带回家的那一竹篓鳝鱼。一转眼，五十多年过去了，母亲走了四十四年，弟弟也走了十二年了。

味美思

　　1975年夏天，我从前门搬到洋桥，那时，这里是一片农田。此地有一个村子叫马家堡，清末西风东渐，建起北京的铁路，最早的火车站就在这里，附近的凉水河上，自然得建起能通火车的水泥桥梁，便把这块地方取名叫洋桥，和当初把火柴叫做洋火，是一个思路。上个世纪六十年代，铁道兵在北京修建地铁后，集体转业留在北京，在这片农田建起这一片红砖新房做宿舍。

　　三年后，1978年春节前夕，我在这房子里结婚。没有任何仪式，只是晚上把几位朋友请到家里吃顿晚饭。白天，我到街上买酒，饭菜再简单，酒是要有的。我想买一瓶像点儿样又有点儿意义的酒。在商店那一排酒瓶中，我一眼看见这瓶酒，瓶上醒目写着"味美思"三个大字。

　　以前，我没有见过这酒，或者说见过，并没有注意。这一天下午，这瓶酒的名字"味美思"，一下子打动了我。是个好名字，有着好的寓意，和结婚这日子相宜。

　　我请售货员帮我拿来这瓶酒，想图个好彩头。酒瓶背后，有对这种酒的成分介绍，是在红葡萄酒里加进了一些中草药，味道独特。挺好！我买下了这瓶酒，又买了一点儿熟肉和豆制品，便骑车回家。

晚上，几个朋友来到我家。开饭之前，我姐姐派她的孩子从呼和浩特赶到，带来一条内蒙古出的纯毛毛毯，送我做新婚的礼物。我的结婚，在这一瓶味美思和一条纯毛毯中进行并完成。

我下厨炒了简单的几个菜，打开了这瓶味美思，给每人斟上一小杯。那时候，北京人喝惯的白酒是二锅头，红酒是长城牌葡萄酒，啤酒是北京白牌。这样的味美思，都是第一次喝。我看得出来，他们喝不惯，尤其还带着中草药味，不是他们常喝的那种酒味。幸亏我家里还有二锅头，大家便不再喝味美思，转身瞄准了二锅头而频频举杯尽兴。

一辈子的结婚，就这样草草完成。都是老朋友，即便再寒酸，也不说什么，只有真心的祝福。送大家走出小屋，走出小院，腊月底的夜空，没有月亮，只有稀疏零落的星星闪烁。回过头向小屋走去，看见屋里的灯亮着，虽然微弱，却还温暖。

进屋，桌上杯盘狼藉，看见那瓶味美思鹤立鸡群，母亲和新婚的妻子正在收拾桌子。

这天夜里，怎么也睡不着，那瓶还剩下小半瓶的味美思，我和妻子慢慢把它喝光了。

四十五年过去了。如今，那个小屋，那个小院，连同洋桥那片宿舍,和马家堡村那一截火车站老站台遗迹,全部都已经不在,代之而起的是一片高楼大厦。

味美思酒,想再喝,也买不到了。

西餐三式

从北大荒刚回到北京那几年，朋友聚会，大多时候是在家里，尽管各家住得都很窄巴，也愿意挤在家里，不去饭馆。这是因为兜里兵力不足，只能现汤煮现面，穷欢乐罢了。

不过，艰苦的条件和环境，常能逼得人练就非凡的手艺。那时朋友到我家里，我常会亮亮手艺，让他们尝尝我做的西餐。

说来大言不惭，说是西餐，只会三样，一是沙拉，二是烤苹果，三是面包虾仁。

西餐厅，那时我只去过两次，一次到动物园边上的莫斯科餐厅，那是弟弟从青海回家探亲带我去的，他工作有野外补助，工资比我高好多。一次在北大荒时，在哈尔滨倒车回北京，慕名到中央大道的梅林西餐厅。沙拉和烤苹果，便是从这两处偷艺学到的。说是学到，其实不过是照猫画虎，学到点儿皮毛，就敢自以为是地招呼朋友，很有些无知者无畏。

做沙拉，沙拉酱是主角。其他要拌的东西，可以丰简随意，只要有土豆、胡萝卜、黄瓜就行，如果再有苹果和香肠就更好。这几样，都还不难找到。沙拉酱，那时买不到，做沙拉酱，便成为首要，最考验这道凉菜的功夫。我已经忘记做沙拉酱是不是我自己的独创：用鸡蛋黄，不要蛋清，加一点儿盐，然后用滚开的热油一边浇在蛋黄上，一边不停地搅拌——便搅拌成了我的沙拉酱。每一次，在小院里做沙拉酱，朋友都会围观，像看一出精彩的折子戏，听着热油浇在蛋黄上滋滋啦啦的声音而心情雀跃欢快。还有好几位朋友，从我这里取得做沙拉酱的真经，回家照葫芦画瓢献艺。

烤苹果，是地道的俄罗斯风味。多年之后，我到莫斯科专门吃烤苹果，味道还真的和梅林做的，也和我做的非常相似。要用国光苹果，因为果肉紧密而脆（用富士苹果则效果差，用红香蕉苹果就没法吃了，因为果肉太面，上火一烤就塌了下来），挖掉一些内心的果肉，浇上红葡萄酒和奶油或芝士，放进烤箱，直至烤煳。家里没有奶油和芝士，有葡萄酒就行，架在箅子上，在煤火炉上烤这道苹果（像老北京的炙子烤肉），关键是不能烤煳。做法简陋，照样芳香四溢。特别是在冬天吃，白雪红炉，热乎乎的，酒香果香交织，有一种说不出的味道和感觉。很多朋友第一次吃，都觉得新鲜，叫好声迭起，让我特别有成就感，满足贫寒中卑微的自尊心。

面包虾仁，是我结婚之后，跟老丈人学来的。我没吃过这道菜，不知道它是不是西餐，也不知道老丈人做得是不是正宗。反正吃了一次，老丈人说是西餐，回家如法炮制，实践一次，朋友来了，就敢招呼了。这道菜，顾名思义，面包和虾仁是主角。面包切成拇指大的方块，过油炸得金黄备用；虾切成同样大小的方块，裹上一层蛋清和湿淀粉，过油炸好捞出。然后，把苹果切成同样大小的块备用。别看苹果是配角，却是关键，没有苹果，这道菜如一场戏，即使主角再卖力气，也唱不下来。

如果再放一些炸好的花生米，自然最好。其实，后来我觉得再多放点儿什么都可以，比如猪肉丁、黄瓜丁、胡萝卜丁之类，都可以。这道菜，只要有了面包和虾仁的双主角，再加上苹果的黄金挎刀配角，添加什么，自己说了算，就是一道大杂烩。

最后，重新起锅放油放葱姜蒜，将这些东西一股脑下锅，加盐、糖，不加酱油，喷上多一些的醋，翻炒之后，拢上芡，出锅，便成了面包虾仁。大家都没吃过这道西餐，特别是刚从北大荒回来不久，吃多了北大荒冻的白菜土豆胡萝卜老三样之后，吃得不亦乐乎，纷纷捧场，夸奖说这道面包虾仁做得不赖。我则暗自得意，假装谦虚地说：只要没做成面包"吓人"就行！

流年似水，一晃，竟然四十多年过去了。这样的聚会渐次稀少，直至彻底消失。如今，大家再聚会，到饭店里去了。我的武功尽废，曾经自以为是那三道西餐的手艺，再也没有露脸的机会。

肉丝面

1974年的冬天,同在北大荒的一对北京知青,回北京结婚。那时候,我刚从北大荒回来不久,大家的生活没有那么富裕,在颠簸流离之中更没有那么讲究。他们没有办什么婚礼,只是请我到他们家聚聚。

他们的新家,在义达里,是临时借的一间房子,简陋,逼仄,成了他们度蜜月难忘的新房。

义达里,在西单缸瓦市。进义达里的大门,七拐八拐,问了几次人,才找到他们的临时新房。房间里很暗,大白天的也得开灯。一对新人,年龄和我一样大,同为六六届老高三的学生,男的爱画画,女的爱文学,郎才女貌,很不错的一对。我们凑在一起,很谈得来。从下午一直聊到晚上,依然意犹未尽。他们留我吃晚饭,就是一碗热汤面。那碗热汤面,做得真是很好吃,记忆很深,至今难忘。

我平常爱看人做菜,可以学几手。看他们忙乎,我也站在一旁,边说话聊天边看他们做饭。

煤火炉放在屋子中间,厨房也在屋子里边。他们二位,相互配合,先把猪肉切成丝,用酱油、盐、白糖、味精和葱丝姜丝，调好煨好；捅开煤火，煮开水后下挂面，等面煮熟，最后下肉丝，来回一搅和，等再次开锅，立刻关火，大勺盛出。非常香，一口气吃下半碗！才想起以面汤代酒，祝福他们新婚快乐。然后，我连夸他们的手艺，简单却高超，有肉有面有汤，有情有致有味儿！蜜月里的肉丝面，不同凡响。

以前，我自己也做过肉丝面，都是先把肉丝下锅炒好，再放水煮开下面的。他们程序正相反，等面条熟了之后，最后再下肉丝。当时，我还特意问他们这样晚下肉丝，能熟吗？他们告诉我：这样肉嫩，待会儿你尝尝，看是不是？

以后，我再做肉丝面，也用这样的法子。家里人，或者来家的客人，吃了都说肉嫩，汤也好喝。

几年过后，知青返城政策放宽，绝大多数知青都回到北京。他们二位也回到了北京，却听说他们回北京之前离婚了。替他们惋惜，禁不住想起义达里他们那间临时的新房，也想起那天晚上那顿美味的肉丝热汤面。

疙瘩汤

我和老顾是中学同学，一起去的北大荒，1974年春天，又一起从北大荒回北京，在中学里当老师，他教物理，我教语文。那时，我们都没有结婚成家，常常有事没事，心里高兴了，心里烦恼了，都会相互地跑过来，不是我到他家，就是他到我家。不管刮风还是下雪，骑着一辆破自行车，跑了过来，远远地看见了屋里的灯光亮着，就会觉得那橘黄色的灯光像是温馨的心在跳动，朋友——不管对于我还是对于他——都正在屋里等待着呢。

我们聚在一起，只是聊聊天，无主题的聊天，却曾经给予我们那样多的快乐。那时，我们都不富裕，唯一富裕的是时间。那时，我们哪儿也不去，就是到家里来聊天，一杯清茶，两袖清风，就那样聊着，彼此安慰着，鼓励着，或者根本没有安慰，也不鼓励，只是天马行空天南地北地瞎聊，一直聊到夜深人静，哪怕窗外寒风呼啸或是大雪纷飞。如果是在我家，聊得饿了，我就捅开煤火，做上满满一锅的面疙瘩汤，放点儿香油，放点儿酱油，放点儿菜叶，如果有鸡蛋，再飞上一圈蛋花，就是最奢侈的享受了。围着锅，就着热乎劲儿，满满一锅疙瘩汤，我们两个人竟然吃得一点儿不剩。

差一年就整整五十年过去了，我依然想念那些个单纯的只有疙瘩汤相伴的日子。我们心无旁骛，所以我们单纯，所以我们快乐；我们知足，所以我们自足，所以我们快乐。

夜晚，我盼望着他到我家里来，同样，他也盼望着我到他家里去。那时，我们没有电话，没有手机，没有金钱，没有老婆，没有官职，没有楼房。但是，那时，我们真的很快乐。往事如观流水，来者如仰高山，我们只管眼前。我们相互的鼓励，我们彼此的安慰，并不是如今手机微信巧妙编织好的短语或表情包，也不是新年贺卡烫金印制的警句和画面，我们只是靠着最原始的方法，骑着自行车，顶着风，顶着雨，到对方的家里去，面对面，接上地气，接上气场，让感情贯通，让呼吸直对呼吸。我们只是心有灵犀一点通，谈笑之中，将一切化解，将一切点燃。

记得有一次，我去他家，他正因为什么事情（大概是学校里的工作安排）而烦恼不堪，低着头，闷葫芦似的，一句话也不说。我拉着他出门骑上自行车，跟我一起回家。一路顶着风，我们都没有说。回到家，我做了一锅疙瘩汤，我们围着锅，热乎乎地喝完，他又开始说笑起来，什么都忘了，什么也都想起来了。

记得有一次，我的母亲突然去世，想起母亲在世时的一桩桩往事，想起自己年轻时候的不懂事而让母亲伤心，我正在悲痛欲绝而渴望有一个可以倾诉的人。怎么这么巧,他推门走进我的家,像是知道我的渴望一样。他就那么安静地坐在我的面前,听我的倾诉,一直听我陈芝麻烂谷子地讲完。他没有安慰我,那时候,倾听就是最好的安慰。我连一杯水都忘了给他倒,疙瘩汤更没有做。

曾经读到狄金森的诗:

> 到天堂的距离
> 像到那最近的房屋
> 如果那里有个朋友在等待着
> 无论是祸是福

到天堂最近的距离,是在有朋友等待的屋里。当然,再有一锅热乎乎的疙瘩汤,更好。

白牌啤酒

那年，我从北大荒，老傅从内蒙古，两人前后脚回到北京。我在中学当老师，老傅在粮店里卖粮食。我们是中学同班同学，彼此很熟，两家离得不远，一别多年未见，又都尚未成家，晚上下班，无所事事，有时会约在一起闲聊，打发无聊寂寞的时光。

老傅爱喝酒。插队的时候，有一年约好一起回家探亲，他来我家找我，进门先把一瓶葡萄酒和一瓶白酒，"啪啪"地拍在桌子上。两瓶酒没有喝完，他就跑到院子水龙头前的水池子，吐了一池子，然后仰脖"咕咚咚"喝一肚子自来水醒酒。

这一次阔别重逢，回北京再也不走了，自然少不了痛痛快快地喝酒。那一年夏天，我们两人没少穿街走巷，找小馆喝啤酒。那时候，他家老街街口，有一家小馆，我们常去，名叫"小乐意"，挂在店门前歪歪扭扭写着这三个字的店牌，最先吸引我们。至今依然清晰地记得，进门就看见一副对联，字也是歪歪扭扭，大概和店牌子是一个人写的，上下两张大白纸，横贴在迎面墙上：客一位两位三位请坐，酒一两二两三两尽饮。我说意思不俗。老傅说字太臭！

这家小馆，白天卖炒菜主食，晚上只卖酒和凉菜，客人不多，一般只是一个小姑娘值班。说是小姑娘，也有二十多了，胖嘟嘟的，对人一副爱搭不理的样子，自以为是骄傲的公主。我们是冲着店名和对联去的，也不怎么搭理她，买瓶啤酒和凉菜，坐在那里边聊边喝。兜里钱少，就只买酒。这大概更让这位胖公主不爱搭理我们。什么时候，都是这样，嫌贫爱富的姑娘，眼眶子长得比眼眉毛都高。

我跟老傅表示对她的不满：一看就是学习不咋样的主儿，我教的学生里，有她这德行的，歪瓜裂枣，还以为自己是什么人物呢。

老傅撇撇嘴对我说：就这活儿，没准儿还是顶替她爹她妈的呢！

有一天晚上，我和老傅出来得晚了点儿，来到"小乐意"，买啤酒，胖姑娘连头都没抬，只说了句：卖没了！

那时候，夏天啤酒紧张，卖没了是常有的事。我们只好买了几两老白干和一盘花生米，聊胜于无，坐在那儿边喝边聊。

喝到半截，进来一个背着个马桶包的小伙子，进门就喊：还有啤酒吗？

胖姑娘立刻应声：有！

我和老傅都禁不住把头转向了柜台。

小伙子还没走到柜台前，胖姑娘就从柜台下面拿出六瓶白牌北京啤酒（那阵子时兴喝这种啤酒），放在了柜台上，笑盈盈地对小伙子说：知道你准得来，给你留着呢！小伙子也笑盈盈地把六瓶酒装进马桶包里，转身要走，胖姑娘说：这么急着就走？也不说声谢谢？小伙子回过头说：哥几个还在家等着呢，下班我来接你，再好好谢你，别急！

这时候，老傅听不进他们腻乎的交谈了，站起身来，走到柜台前，质问胖姑娘：你不说没啤酒了吗？这怎么又有了？你是变戏法的怎么的？

胖姑娘有些理屈词穷，说话有些结巴：这是……人家早……早订下的。

早订的？我们还是早来的呢！

眼瞅着要吵起来，已经走到门口的小伙子，怕胖姑娘吃亏，把马桶包放在餐桌上，折身走回到柜台前帮腔：你一个大老爷们儿，别欺负一个小姑娘啊！

老傅是个眼里不揉沙子的人，回过头，冲小伙子说道：我欺负她？你没看出是她欺负我们吗？明明是我们先来的，她藏着啤酒，就是不卖我们，专候着你来，你和我们不一样怎么着，多长出两条腿？

你怎么骂人！小伙子也不是善茬儿，说着攥起了拳头。我赶紧走过去劝架，把老傅拉回来。小伙子气哼哼地走了。我们也没心情再喝了，起身也走出了"小乐意"。

快到家的时候，在胡同的一盏路灯下，我停了下来，对老傅说：差点儿忘了！老傅不知什么事，看我从书包里掏出一瓶啤酒，惊讶地问：哪儿来的？你也成变戏法的怎么着？

我告诉他刚才他和小伙子吵架的时候，我从小伙子的马桶包里顺出一瓶：就兴他们走后门喝？孔乙己说读书人窃书不算偷，咱们喝酒人窃一瓶他们走后门的酒，也不算偷！说得老傅呵呵大笑。

我用牙咬开瓶盖，把酒瓶递给老傅，我们两人开始你一口我一口喝了起来。谁知，喝到半截，老傅突然说了句：今天这酒喝的一点儿味儿没有！说着，他举起酒瓶，朝着电线杆子砸了过去，"砰"的一声，酒瓶粉碎，啤酒受惊似的，带着泡沫四下乱溅。

转眼，将近五十年过去了。老傅已经走了三年多。老街拆迁，那个"小乐意"小馆早已经灰飞烟灭。

腊　肠

德智是我的发小儿,他家住草厂三条,我家住西打磨厂,穿过墙缝胡同,就到他家,很近。读小学的时候,他家房子多又大,我们的学习小组就在他家,他是小组长。

1966年,我们高中毕业。1968年,我去了北大荒,他留在北京,分配在肉联厂工作。1974年春,我从北大荒回到北京当老师,和德智又联系上。我又到草厂三条他家,他家搬到了对门的小院,他住一间小屋,只能放下一张床和一张小桌。我们俩坐在床边聊天。

我第一次到他工作的肉联厂看他。他的工作是炸丸子,一个房间里,就放着一口铁锅,那口铁锅硕大无比,滚沸的油里,翻滚着一个紧挨着一个的肉丸子。我说:你可真好,每天都能吃炸丸子!他说:好?天天闻着这味儿,我都想吐!

那时候,买肉要肉票,每人每月只有半斤肉票。我弟弟在青海戈壁滩上工作,没有肉吃,想让我买点儿腊肠给他寄去,要生腊肠,可以放好长时间,慢慢吃,解点儿馋。可买腊肠也得要肉票。我找到德智,想他在肉联厂,怎么也得想办法帮我买点儿腊肠。我把皮球踢给了他。

他真的想出了办法，让我到朝阳门菜市场找一个人，说和人家已经联系，说妥了，可以卖给我五斤腊肠。我早早去了朝阳门菜市场，菜市场还没开门营业，里面很清静，我找到这个人，是个女的，年龄不大，正蹲在地上，撅着屁股，和一帮人忙乎着出黑板报。我只好等她出完黑板报再买腊肠。站在一旁看，觉得她们写的字画的画不好看，想自己读中学的时候，当过宣传委员，班上和学校的黑板报都是我负责出，写呀画的比她们强，便毛遂自荐对她说：我来帮你写吧！

好啊！她站起身来，把粉笔和一张稿纸递给了我。我自以为是地把稿子抄在黑板上，又龙飞凤舞地画上报头，添上尾花，充当了一回大尾巴鹰，获得她们一致好评，纷纷说：到底是老高三的！她带我去买腊肠，一高兴，多卖给我了几斤。

以后，我买腊肠，迈过了德智，直接到朝阳门菜市场找她。那几年，我弟弟在青海戈壁滩上，没断了腊肠吃。

几年之后，德智结婚，新房就在草厂三条的小屋里。新娘，居然就是朝阳门菜市场的她。

菠菜宴

以前，北京大多人家住在胡同的院子里。普通人家结婚，很简单，就是两家人和亲戚朋友聚在一起，在家里喝顿酒、吃顿饭，就算是婚宴。人少，自己家里摆两桌，做饭在小厨房就对付了；人多，就得在屋子外面开火做饭。院子宽敞点儿的，在院子里；院子窄巴，得到胡同里了，还要搭起个帆布小帐篷，把火炉子搬进去，把床板搭在长条凳子上，准备的鱼肉菜蛋，还有煎炒烹炸用的家伙什，都放在上面。当然，还得要请个像点样儿的厨师，这就是最堂皇的了。然后，再从街坊家借来桌子椅子，摆在家里家外，大家一通乐和，这婚就算结成了。

那年，我的一个中学同学结婚。他和我也一起刚从北大荒回京没两年，都在学校里当老师，工资有限，家里也不富裕，为了省钱，没法那么堂皇，又搭帐篷又请厨师的，婚宴只能选择最前边那种，在家里挤巴巴地摆上两桌。

我自告奋勇当主厨。

刚过五一，赶上菠菜上市，又嫩又便宜，我买了很多菠菜，心想就用它当这个婚宴的主角了，因为别的青菜都贵。

设计好了,便胸有成竹地一连做了好几样菜:菠菜肉片、菠菜豆腐、菠菜海米、菠菜炒鸡蛋……开始上的菜,大家还比较满意,举杯喜兴的劲儿正热乎。但是,接连上的菜都是菠菜,有人开始皱眉头了。我的这位新郎官同学跑进小厨房,苦瓜一样耷拉着脸对我说:赶紧换换吧,别再上菠菜了,快给大伙的脸都吃绿了!

那时,我正在做珍珠丸子,就对他说:这回上的是珍珠丸子,包你满意!

上锅蒸前,我在丸子下面铺了一层翠绿的菠菜,还特意把菠菜头上的红尖露在盘子外面,整齐的一圈红,自觉得有红有绿有白,挺好看。谁想,珍珠丸子上桌,新郎官一眼看见了菠菜,脸先绿了,一下子拉了下来。

一眨眼,已经过去了四十多年,我和他,还有参加婚礼的人,还记得那场菠菜宴,都当作了笑谈。

我心里想,如果没有走马灯这样频繁出场的菠菜,这场婚礼,谁还记得住呢?有了菠菜这样出其不意的主角出现,让再拮据再苦涩的青春岁月,也溅起了一点儿回声。

辑二：奶酪核桃酪

不管做奶酪还是做核桃酪，除了手艺和工艺外，还需要时间的加持。

时间，是一切美味食品的做法和滋味的隐形秘器。

核桃酪

那年，我去呼和浩特看姐姐，去之前打电话问她，需要从北京给她带点儿什么东西？她连说什么也不用带，我一再问她最想带点儿什么，姐姐不到十八岁就离开北京，独自去了塞外，最近好多年没有回北京了，一定想念北京，想念北京她熟悉她喜欢的东西。

被逼得没法子，姐姐想了想，说：你就带点儿核桃酪吧。

那时，我没有听说过核桃酪，更没有吃过，不知是一种什么东西，便问姐姐。姐姐告诉我：是一种老北京的小吃，像杏仁霜，也有点儿像奶酪，比杏仁霜稠，没有奶酪那样凝固。以前，在东安市场有卖的，你看看，还有没有？

我去了东安市场，早就没有卖的了。姐姐的记忆，是几十年前的老东安市场，如今，名字都早改成东风市场了。可以说是沧海桑田核桃酪吧。

我又去北京很多地方打听，特别去了专门卖奶酪的梅园，和那时西四的小吃城，都没有淘换到姐姐想吃的核桃酪。

姐姐去了内蒙古几十年，退休都好几年了。饮食习惯，还是以北京的口味为主，特别喜欢北京的点心和小吃。没有核桃酪，我只好给她带去了一盒稻香村的点心。

但是，没有吃成的核桃酪，影子一样，总在我心里盘桓。我没有见到这玩意儿，不知道是一种什么样子的东西，只能凭着核桃酪的名字去猜想，肯定是跟核桃相关。和杏仁霜做比较，应该也是将核桃碾碎，做成一样糊状的东西而已。不过，这只是瞎想而已，具体怎么个做法，是一窍不通的。不知道为什么，姐姐小时候吃过的核桃酪，这么多年，在北京城已经消失得无影无踪。

后来，读到梁实秋的《雅舍谈吃》，书里有一篇专门写核桃酪的文章，介绍他母亲为他们孩子做核桃酪的经过，介绍的制作过程很仔细，不复杂，但很麻烦，费时费力费工夫，想试试也做一回，一直没有耐下心来试验。

姐姐来北京了，这一次，她是下了决心来的，来一趟不容易，毕竟年龄不饶人。我也下决心照葫芦画瓢，依照梁实秋介绍的法子，实践了一次，做核桃酪。先要把核桃和红枣用滚开的水浸泡，剥下核桃和红枣的外皮，然后晾干，把它们捣烂捣碎。后者相对容易些，剥皮很麻烦，核桃皮和枣皮都很顽固，粘连在身上，不肯脱衣裸体示人似的，羞羞答答，十分难缠。关键一步，要把大米用凉水浸泡，梁实秋说是要用一天一夜的时间，之后，用豆包布包裹浸泡好的米粒，拧出米浆，不能要一点儿米的渣滓。最后，将米浆核桃红枣泥，放进锅里慢火煨。

我们中国的烹饪技法真是了得，方法细分，同样加水上火，有煮、炖、熬、煲、煨……多种，不可混淆。其中煨是小火慢煮，要的是时间，这是一道工夫小吃。正因为这样麻烦，核桃酪如今断档，也就可以理解了。快餐时代，谁愿意做这样麻烦又赚不了大钱的吃食？

有了时间的加持，核桃酪才能够完成。它可不是像京剧里出将入相一般，只要一阵急急风的锣鼓点儿，就可以出场亮相，邀得挑帘好，满堂彩的。时间，成了核桃酪出场与完成的背景和过程，如一朵花，慢慢发芽长叶，最后开花，不可能一蹴而就，方才可以最后将核桃红枣和米浆的味道融合一起，变成了一种复合的味道。如果还是用花做比，有点儿像三色堇。

这是我第一次做核桃酪。姐姐喝了。我问她味道怎么样，她连说不错，几十年没喝过了，好喝！

我知道，姐姐是安慰我，鼓励我。我做的并不正宗，关键是核桃皮和红枣皮没有去净，煨出的核桃酪，沉淀在碗底有渣滓，影响口感。另外，梁实秋说他母亲做核桃酪用的是陶制的小锅，我家没有，但起码要用砂锅，我家也没有，只好用平常煮鸡蛋的不锈钢小锅，味道就差太多，无法替代和弥补。什么东西配什么东西，是有讲究的，是命定的，就像好马配好鞍，葡萄美酒要配夜光杯。有些菜肴，哪怕只是小吃，光看食谱，便想当然技挂上阵，是不行的，哪儿有那么简单、容易！就像核桃酪，需要时间的加持。时间，是核桃酪做法和滋味的隐形秘器。

奶 酪

奶酪是牛奶的一种变体,模样有点儿像酸奶。做法可比酸奶要复杂,将牛奶煮沸,加冰糖,点白酒,冰镇而成,味道清凉,奶香清纯,微酸微甜之中有一种难以描绘的清新,格外爽口,与喝酸奶无法同日而语。

这是清军入京后带来的旗人的夏天小吃,当时满语叫"乌他",从皇宫流入市井,应该是清同治年间的事情。《都门纪略》里记有这样的竹枝词:"闲向街头唼一瓯,琼浆满饮润枯喉。觉来下咽如脂滑,寒沁心脾爽似秋。"足以证明,那时奶酪已经是街头常见的夏令食品了。

老北京人,尤其是旗人,最爱吃这一口,从清末到民国一直到现在,对它一直赞不绝口。邓云乡先生就这样不吝美词说它:"真是一种奶制的最好的夏季食品,用琼浆玉液来形容,是毫不为过的。"

奶酪的品种有很多,《东华琐录》里说:"有凝乳膏,所谓酪也。或饰以瓜子之属,谓之八宝,红白紫绿,斑斓可观。"八宝奶酪,只是其中一种,还有山楂酪、杏仁酪多种,不过是添加一些干果料和果脯而已。我还是爱喝原味的,更有奶酪的纯正之味。

一般卖奶酪的店铺或小摊，兼卖奶卷和酪干，这是牛奶的另一种变体。特别是那种琥珀色的酪干，真的是美味无比，我特别爱吃，每次去奶酪店，都会买一些，觉得比奶酪还要好吃。能够将液体的牛奶做成半固态的奶酪，又能做成固体的酪干，真的是将牛奶发挥到了极致。

这种酪干和奶酪，做起来很麻烦，而且，成本远高过酸奶。但是，确实味道独特，出了北京城，还真的吃不着了。北京有一家梅园店，专卖酪干和奶酪。我的孩子小时候，我带他去吃，他也特别爱吃，觉得比酸奶好吃。读中学的时候，发现崇文门西边有家梅园，离学校不算远，吃完后，就带着同学到那里去吃，一吃都爱不释口，频繁多次，成了那里的常客。大学毕业之后，孩子到美国留学，毕业后留在美国工作，每一年从美国回到北京，准会先跑到梅园，吃一碗奶酪，尝一尝酪干。这是他少年时候的味道，也是他北京的味道。

别处也有卖奶酪的，比如三宝乐面包店里也有，但买过尝后，觉得还是梅园的味道好。梅园曾经一度连锁店颇多，如今，大不如以前了：离我家不远原来有一家梅园小店，已经没有了；天坛东门对面路南的梅园，也没有了；崇文门的那家梅园，也找不到了；十几年前，鲜鱼口整修开业时，在天兴居炒肝店对面，有梅园开店，前几天去，它已不在，改换门庭，新店高挂"宫廷奶酪"招牌。进去吃了一碗奶酪,味道大减,再问有没有酪干卖,没有了。想"宫廷奶酪"做成这样子,酪干,它恐怕是已经做不出来了。

酸梅汤

酸梅汤，老北京以信远斋和九龙斋最出名。信远斋在琉璃厂，九龙斋在前门的瓮城，民国时瓮城拆除后，搬到肉市胡同北口。这两家，小时候我都去过，只是那时九龙斋已经不卖酸梅汤了。信远斋自然拔得头筹，当年，京剧名角梅兰芳、马连良、尚小云，都爱喝信远斋的酸梅汤。

曾在报纸上看到一则轶事："文化大革命"期间，军宣队进驻信远斋，看做酸梅汤的老师傅拿的工资，比经理更比自己还高，心里不服气，酸梅汤有什么难做的吗？便降了人家的工资，老师傅一气之下回了老家。赶巧柬埔寨宾努首相访华，在人大会堂喝酸梅汤，竟然极其老到地觉出和以前味道不一样，便问周恩来。在周总理的过问之下，方才把老师傅又请了回来。

这则轶闻，一说信远斋的酸梅汤名气之大；二说信远斋的酸梅汤做法确实并非等闲之辈可为。据说，做酸梅汤的原料选择是极苛刻的，乌梅只要广东东莞的；桂花只要杭州张长丰、张长裕这两家种植的；冰糖只要御膳房的……除选料讲究之外，制作工艺也是非同寻常。曾看《燕京岁时记》和《春明采风志》，所记载大同小异，都是："以酸梅合冰糖煮之，调以玫瑰、木樨、冰水，其凉振齿。"关键在于"煮"和"调"的火候和手艺，在于细微之处的功夫。

如今，夏季饮料之销量，酸梅汤远无法与可口可乐相比。可口可乐是1886年发明而制成销售的，信远斋是清乾隆五年即1740年创建。信远斋酸梅汤的历史，比可口可乐早一百多年。既然我们的酸梅汤如此美妙又历史悠久，为什么没有人家可口可乐的名气大呢？

为此，我求教一位专门研究食品的专家。他是我的中学同学，有《中国食品史》专著。他笑着说，宾努喝酸梅汤只是传说，酸梅汤斗不过可口可乐却是实在的，并不仅仅在于人家汹涌澎湃的广告宣传，也有裹足不前的自身原因。他一口气说出五点原因。

一是工艺的区别：酸梅汤叫汤，我国古代的汤指的是中药，这在神农尝百草中即有记载，《尚书》中亦有"若作和羹，尔惟盐梅"之说，汤必是熬、煮、煎之类，酸梅汤属于经验加手艺；国外先进饮料是科学加工艺，可口可乐即是配方，现代饮料是高科技产品，用不着笨重地熬制。二是工具的区别：我们的酸梅汤基本还是铜锅之类原始器皿熬制，现代化是密封式流水作业。三是水源，信远斋原来用的是甜水井里的水，如今用的是自来水，北京今天的水已无法与百年前相比。四是性格的差别，酸梅汤性格属柔性，甜中带酸；可乐型饮料讲究舌感要见棱见角。五也是最重要的一点，从国际饮料流行新趋势来看，会越来越崇尚古罗马原生态的饮料，讲究轻、薄、软。轻，指的是含有微量元素；薄，指的是无色无味；软，指的是越来越少至无刺激性。从这一趋势来看酸梅汤，它诞生在农业社会，那时科学技术都不发达。它的历史作用已经完成。

我不知道他讲的是不无道理，还是过于宿命论？总是为信远斋的酸梅汤不服。可能偏爱于酸梅汤，心里头，便总是酸酸的。想起在北大荒插队那几年，回北京探亲，我还去过信远斋，买酸梅汤的同时，还买了酸梅糕，颜色发黄，梅花状。我特意买这玩意儿，带回北大荒，夏天用井水冲成酸梅汤，以解思念北京之渴。这么多年，对酸梅汤的感情始终未变。让我特别高兴的是，我的两个小孙子，在美国喝可口可乐长大，来北京后，却爱喝酸梅汤，说比可乐好喝。回美国之前，必要带一大包酸梅晶，回去冲酸梅汤喝。而且，他们还来电话告诉我，他们那里的中国超市，也有卖信远斋瓶装的酸梅汤。

果子干

果子干，也是老北京人夏天离不开的一种吃食，兼冷饮和冷食两得。它是以柿饼和杏干为主料，加以藕片、梨片、玫瑰枣，用大力丸煮汤，冰镇而成。好的果子干，浓稠如酪，酸甜可口，上面要浮一层薄冰。一般用吃饭的大碗盛，既解渴，又解饱，老北京夏天的街头常见。

前辈学人刘叶秋老先生爱吃这一口，晚年回忆时说："我小时候，常在门口的小摊上，买一碗果子干，蹲在两棵大槐树的浓荫之下，快哚一番，作为午睡后的点心。今虽已老，犹不能忘情于童年的风味，以为精制之冰砖雪糕，尚不及此。"那时候，他家住珠市口，闹市中安静的胡同里，蹲在大槐树下，吃果子干的情景，多像一幅老北京的风俗画。

如今，夏天的北京，果子干不那么容易见到了。

记忆里，吃到的果子干，最难忘有两次。

一次，是 1990 年。城南西罗园小区刚建成，四周还是一片木板围挡的工地，在工地的简易房里，见到一家专门卖果子干的小店，夫妻两人都刚刚下岗，开了这家小店。他们从父辈那里学来的祖传手艺，酸梅汤和果子干做得地道。从酱色瓦缸里舀出一碗果子干，光看表面那一层颜色，就得让人佩服，柿饼的霜白、杏干的杏黄、枣的猩红、梨片和藕片的雪白，真的是养眼。那真是吃到的果子干最正宗的一次。

另一次，是2012年。在牛街的吐鲁番清真餐厅聚会，我的中学老师八十多岁的王瑷东赶来，特意带来了一大罐果子干，是她昨天刚刚做得的。她说：这玩意儿，不值钱，但你们大家可能好多年没见过了，特意让你们尝尝！

我从餐厅的服务台要来一摞小碗，给每人盛了一点儿，果子干做得地道，柿饼、杏干、藕片、梨片、大枣……一样不缺。王老师说，以前人家卖果子干的，是放大力丸熬制，我没有用大力丸，用的是山楂熬的，觉得用山楂味道更好。另外，应该放咱们北京的杏干，我家里只有新疆的杏干，味道可能会差了许多，你们尝尝怎么样？

大家还真的是多年未吃到果子干了，都没有想到王老师还恪守古法熬制；吃了之后，纷纷称赞王老师做的果子干好吃。如今，北京夏天的冷食品种多得很，光雪糕和冰激凌就花样繁多，果子干早已经落伍，甚至被人们遗忘，只有王老师这样的老辈人还记得它。

有意思的是，正吃着果子干，餐厅的服务员走进来，端着一个大盘子，盆子上放着的竟然也是果子干，说是餐厅的奉送。果子干放在一支支高脚杯里，每支杯子边上还插着一粒红樱桃，完全是洋范儿的了。这让大家忍不住笑起来。

十一年过去了，再也没有吃过、见过这样漂亮可口的果子干了。

爱窝窝

爱窝窝,模样像元宵或汤圆,都是圆圆的、白白的,吃起来味道不一样。元宵或汤圆,外面一层是糯米生粉;爱窝窝,外面一层是蒸熟的糯米粒,再裹一圈雪白的熟粉,粉扑扑的,活像是红粉佳人。爱窝窝吃起来清爽,绝无元宵或汤圆的粘牙之感,有点儿日本寿司的感觉,猜想日本寿司和饭团,大概当年就是受了它的启发,由此而来。元宵或汤圆需煮熟后吃,如贵妃热汤出浴方可示人;爱窝窝是冷食,尽可随意,如村姑邻女,平易近人。

爱窝窝里面包的馅,绝对不能是豆沙,也不能是绵白糖,必须是白砂糖,再杂以青红丝及芝麻果仁,嚼起来,有种松散的感觉,而且喷喷有声,在舌间跳动,有点儿像八十年代曾经流行过的一种叫"跳跳糖"的食品,不像元宵或汤圆的馅,是一团黏乎乎热乎乎的甜。清末有竹枝词云:白粉江米入蒸锅,什锦馅儿粉面搓。浑似汤圆不待煮,清真唤作爱窝窝。

爱窝窝是一种古老的小吃,《金瓶梅》里就有对它的描述,可见最晚在明代就有了它,潘金莲和西门庆都爱吃它。明万历年间的一位内监刘若愚写的《酌中志》中,也有对它的记载，说明它是先在宫廷，后下嫁到了民间，普及到我们百姓的餐桌上的。

爱窝窝，别看只是一种普通的北京小吃，便宜得很，却几乎和北京城的历史一样长久。几百年岁月嬗变，北京许多小吃，从内容到形式都变了，甚至连豆汁都可以机械化作业、批量生产了。爱窝窝却和几百年前一样的手工制作，一样的装束，一样的内心，坐怀不乱，目睹着世事沧桑与人间炎凉，守着农业时代的一种古老的东西，那股子忠贞的劲儿，很不容易。

爱窝窝，最早叫窝窝。爱窝窝，是后来起的名字。为什么多加了一个"爱"字呢？记得小时候，这是我吃着它时常常蹦在嘴边的一个问题。窝窝，好理解，因为要把蒸熟的糯米在手中弄成一个凹状的窝儿，好将馅放进去。那一个"爱"字，又做何解释？因为好吃，所以爱它？总觉得这样解释，未免太直白。

后看一则材料，引清人《乡谚解颐》里的解释，说是皇上爱吃这一口，每全想吃时就吩咐太监说："御爱窝窝。"用现在电视剧里皇上说的话就是："朕爱吃窝窝！"这传说传到民间，便成了爱窝窝。当然，这只是一种传说而已，把皇上抬出来，为的是给这种小吃加冕，抬高身份罢了。

倒是我母亲在世时曾经的解释更有趣。她老人家说："窝儿是家，老窝就是老家，爱窝窝，就是爱家、爱回家呗。"虽然，从文史典籍到民间流传中，从来没有过这样的题解，但是，在我看来，却是最好的解释了。

如今，在北京，爱窝窝很容易买到，但不少店甚至有的名店里卖的爱窝窝，竟然是豆沙馅。这简直是釜底抽薪，令人匪夷所思。我很少再买爱窝窝，如果非买不可，必要先问清里面是什么馅。

绿豆糕

绿豆糕，有南方北方之别，南方的绿豆糕绵软、油大、偏甜；北方的绿豆糕紧实、无油、不那么甜。如今，稻香村卖的就是这种北方绿豆糕，一年四季在卖。以前，老北京，人们吃的是这种绿豆糕；以前，它只是夏天的时令食品。

夏天吃绿豆糕，和夏天喝绿豆汤的道理，是一样的。这里不仅和我们国家自己独有的民俗有关，也与我们对节气的信仰有关。和别的有些农作物来自异域不一样，绿豆产于我国，对绿豆的认识，在我国是有历史的，有科学道理的。说绿豆可以消暑，是因为我们祖先早就发现了绿豆有药物的作用，这从李时珍的《本草纲目》中可以查到绿豆就是一种药，有清热解毒的功效。

这样对于绿豆糕的认知，如今的孩子难以认同。我的孩子小的时候，绿豆糕，在我家曾经有过这样一次遭遇。

那一年夏天，我在稻香村买了半斤绿豆糕，我喜欢吃绿豆糕，买回家先吃了两块，剩下的留给孩子和家人吃。第二天我就到新疆去了一趟，一去去了半个月。回到家一看，绿豆糕原来什么样还是什么样，竟然原封未动，没有人吃一块。儿子不怀好意地笑着说：我爸爱吃，给他留着！半个多月过去了，绿豆糕梆梆硬得跟砖头一样了。我问孩子为什么一块都没吃？他说太干，噎人，一点儿都不好吃。

有什么办法呢？现在的人们尤其是孩子热衷于洋味的吃食，麦当劳、肯德基，山姆大叔的东西，就是比我们的吃食好卖。情人节的巧克力、生日时的西式蛋糕，就是比我们腊月二十三的糖瓜和带红点的寿桃更受年轻人青睐。而用黄油或芝士抹面包，比起我们那时在烤窝头片上抹芝麻酱或臭豆腐，更会是年轻人毫不犹豫的不二选择。

是人心不古，还是我已经彻底落伍？过去民俗里浸透着我们这个古老民族的血液、情感和智慧，莫非都是过时的东西，必定要随着岁月的流逝而流逝？人们在进入网络新时代的时候，在点击着这个世界并改造着这个世界的同时，必然也要将自己的胃口来一番改造不可？

每年到了夏天，只有我会到稻香村买一包绿豆糕，坚持吃这一口。

翻毛月饼

如今，远未到中秋节，月饼就开始蠢蠢欲动，纷纷招摇上市。北京卖的月饼花样翻新，但南风北渐，大多是广式苏式，或云南火腿、香港流心。以前老北京人专门买的京式月饼中，硕果仅存的只剩下了自来红，冷落在柜台的角落里。其中一种叫做翻毛月饼的，更是已经隐退江湖多年，不见踪影。

翻毛月饼类似现在的苏式酥皮月饼，但那只是形似而并非神似。赵珩先生在《老饕漫笔》一书中，专门有对它的描述："其大小如现在的玫瑰饼，周身通白，层层起酥，薄如粉笺，细如绵纸，从外到内可以完全剥离开来，松软无比，决无起酥不透的硬结。馅子是枣泥的，炒得丝毫没有糊味儿，且甜淡相宜。翻毛月饼的皮子是淡而无味的，但与枣泥馅子同嚼，枣香与面香混为一体，糯软香甜至极。它虽属酥皮点心一类，但上下皆无烘烤过的痕迹。"

这是我迄今看到对翻毛月饼最为细致而生动的描述。最初看到这段文字时，立刻回到当年中秋节吃翻毛月饼的情景。印象最深的是，父亲一只手托着翻毛月饼，另一只手放在这只手的下面，双层保险，为的是不小心从上面那只手中掉下的月饼皮，好让下面这只手接着。当然，这可见那时老辈人的小心节省，也足可见那时翻毛月饼的皮子是何等地细、薄、脆，就如同含羞草一样，稍稍一动，全身就簌簌往下掉皮。赵先生说的"薄如粉笺，细如绵纸"，真的一点不假。

只有曾经吃过翻毛月饼的人，才会体味得它皮子的这种特点，这是区别于苏式月饼最重要之处。苏式月饼的皮子也起酥，但那皮子是浸了油的，是加了甜味儿的。翻毛月饼的皮子没有油，也不加糖，吃起来绝不油腻，入口即化，而且有一种任何馅也压不过的月饼本身最重要的原料——面粉的原来味道，这是来自田间的味道，是月饼最初的本色。

现在的月饼做得越来越花哨、越来越昂贵，已经离它的本来面目越来越远。由于皮子没有油，翻毛月饼放几天再吃，皮照样酥，苏式月饼就不行，放几天皮就硬了。翻毛月饼皮子到底是怎样做的，充满谜一样的迷惑和诱惑，只献身，不现形，英雄莫问来处似的，只把余味留下，便潇洒而去。好多年不见翻毛月饼卖了，也不知道现在这手艺传下来没有。

前些年，一位台湾老人怀念北京的翻毛月饼，忍不住在网上发帖子，也专门说到那皮子："如果一般的月饼层次有十五层，那么翻毛就有二十五层，外皮只要稍一用力，就会有一小片一小片剥落，像一根根翻飞的发浪，因此叫翻毛。"因怀有思乡之情，他把翻毛月饼皮说得那样层次分明，那样神。不过，他说翻毛得名是因为像翻飞的发浪，我是第一次听说。

前些天，吃到一款富华斋做的翻毛月饼，这是这么多年来头一次吃到，很是兴奋。富华斋是北京点心铺的后起之秀，号称宫廷传承。但是，那翻毛漫说没有二十五层、十五层之多，远无法和薄笺绵纸相比，而且，粘连粘牙。不觉感喟，翻毛远矣！

赵先生的那则文章只说了翻毛月饼枣泥馅的一种，其实，翻毛月饼的馅有多种，梁实秋先生在《雅舍谈吃》里就说过："有一种山楂馅的翻毛月饼，薄薄的小小的，我认为风味很好，别处所无。大抵月饼不宜过甜，不宜太厚，山楂馅带有酸味，故不觉其腻。"

据说当年致美斋还有种鲜葡萄馅的，也是一绝。如果把这样"别处所无"的翻毛月饼重新挖掘挖掘，没准能给愈演愈烈的月饼市场添点儿新意。在日益注重浓妆艳抹的过度包装中，重走本色派老路，就如一位诗人的诗所说的"把石头还给石头"，也把月饼还给月饼。

翻毛月饼是一曲乡间民谣。越发豪华的广式苏式或港式月饼，已经成为了闹哄哄秀场上的歌手大奖赛。

秋梨膏

前门大街的路东,原来有家通三益干果店,秋梨膏是他们家的看家买卖。他家店门横匾上,不像一般店家写着店名的牌号,而是醒目地写着三个大字"秋梨膏";左右各写"止咳强身"和"北京特产"八个大字。满北京城有名,只要说起秋梨膏,一定会说起通三益,独此一家,别无分店。秋梨膏,成了通三益的别名。

通三益最早开业在清嘉庆初年(1796),秋梨膏作为通三益的拳头产品而声震京城则是八十年之后的光绪二年(1876),在通三益李家的少掌柜手上诞生的事情了。这位少掌柜慧眼识英雄,早早相中了常到通三益为宫里采购秋梨的一位太医,下了铁杵磨针的功夫,火到猪头烂,终于疏通好这位太医,讨下秋梨膏的宫廷秘方,制作出了秋梨膏,让旧时王谢堂前燕,一下子飞入寻常百姓家。通三益秋梨膏的名气不胫而走,就连当时北京四大名医之一的施今墨,给那些咳嗽久治不愈的病人开的方子,都有一帖是通三益的秋梨膏。后来,在巴拿马国际博览会上,通三益的秋梨膏一举夺得了金奖,如虎添翼,名气越来越大,更是他家秋梨膏的最佳广告。

秋梨膏这一宫廷秘方，成为了李家的私家珍藏，从来秘不示人，都只是由李家人亲自到车间配制，不许旁人入内。据说制作工具，是一种带锡底的铜锅，搅拌必须用一种槟榔勺子，极其特殊，就连保存的器皿都异常特别。这样的秘方，这样的器皿，李家几代相传，一直保存到新中国成立以后1956年的公私合营。

我对通三益秋梨膏最初的认识，来自我们大院后院蒋家的老太太。老太太是无锡人，出身地主，家里有钱，吃喝讲究，保养得细皮嫩肉，长得非常富态，就是开春和入冬的季节爱咳嗽，整天见她喝秋梨膏，说喝这玩意儿最管用，成为她的护身符。她只有一个闺女，白天上班，没有人帮忙，秋梨膏喝完了，老太太有时候会让她弟弟的孩子也就是她的侄子，去帮她到通三益买秋梨膏。她只认通三益。她的这个侄子比我大三岁，常常拽上我和他连跑带玩一起去通三益买秋梨膏。而我一直只闻其名，不知道秋梨膏是什么滋味，只是一次次跟着他往通三益瞎跑。

1971年，我从北大荒回北京，有半个月的探亲假，插空去呼和浩特看了一趟姐姐。正是刚过国庆节的秋天，我在通三益买了两瓶秋梨膏给姐姐带去。那是姐姐第一次喝秋梨膏，也是我第一次喝。甜甜的，浓浓的，稠稠的，有一点儿涩，有梨的味道，也有一点儿中药味儿。我不知道，已经机械化批量生产的秋梨膏，和当年蒋老太太喝的那种李家用槟榔勺搅拌的手工制作的秋梨膏，味道是不是一样。

　　如今，标有通三益招牌的秋梨膏，在北京依然有卖，几经世事沧桑，时光跌宕，我更不知道，其味道和效用究竟如何。

爆肚和卤煮

爆肚和卤煮，在北京很有名，无论是北京人，还是外地游客，不尝点儿爆肚和卤煮，似乎对不起北京，也对不起自己。爆肚和卤煮，对人们的普及率和认可度，似乎要高于豆汁。

爆肚，将牛羊的肚子分开肚片、肚仁、肚领、肚板等，在锅中轻轻一涮（这叫做水爆），佐以各种调料一吃，清爽可口，开胃暖胃，简单实惠却格外好吃。看着简单，真正做起来，差别大了，如果肚子选得不好，或是爆的时间稍微一长，爆出来的就老，嚼不动，而且有膻味。

卤煮，将猪大肠、肺头、五花肉、炸豆腐和火烧一起放在锅里炖煮，和东北的乱炖大同小异，是一个意思，并没有多么高超的烹饪技艺。关键是要把大肠清理干净，要把这几种东西炖烂，混合一起，彼此借味。

在北京，这两种小吃的店家，最有名的分别属于爆肚冯和小肠陈。它们都是有着悠久历史和几代传人的老店。

爆肚冯的第四代传人小冯，算是我的同学，他比我小四岁，是六七届的初中。那一年，我下乡，他上山，在水利工程工地里当工人，从此天各一方。上个世纪九十年代初期，在西四小吃街和王府井小吃城，有爆肚冯的店，我都去过，与小冯重逢，都是他亲自为我爆的肚。他家老店，在廊房二条中段路北，二层小楼，一直很红火。

小肠陈老店，也在廊房二条，北京小吃店，常聚在一起，抱团取暖，彼此借力。大约是2005年，廊房二条改造，小肠陈和爆肚冯面临拆迁，人们听说后蜂拥而至，都跑到那里吃最后一口老北京的味儿，这两家店门前人山人海。我也凑热闹赶去，根本挤不进去。已经是下午三点多，早过了午饭的饭口，下午饭还没有到点，小肠陈前排出了蛇一样的蜿蜒长队，爆肚冯前依旧挤满了人，店门只好关着，先发号排队等候。这大概是这两家老店的高光时刻。

如今，小肠陈迁到南横街的珠朝街东侧，店堂扩大好多，装潢好了许多，不仅卖卤煮，还卖炒菜。客人很多，价钱也涨了很多。在廊房二条，也有他的一家店，却没有南横街的店气派，只卖卤煮。不知谁是总店，谁是分店，两家是不是一回事。前不久，我去过一次廊房二条店，买了一碗卤煮，味道差了很多，肠子还不错，五花肉极少，火烧根本没有煮透，汤也太咸，远不是以前小肠陈的味道。

爆肚冯还在廊房二条，却不是原址，东移路南。前几年冬天，我专门去过一次，没见到小冯，服务员和掌勺的师傅都是外地人。我要了一盘爆肚，肚老，爆得也老，嚼不动，很失望。坐在我后面的一位顾客，也要了一盘爆肚，也嫌肚老，直接和店家吵了起来。

本想问问小冯现而今在哪儿呢,也没问,放下一盘没怎么吃的爆肚,走出了店门。店外,寒风凛冽。

这两家店,我再未去过。

豆汁儿

如今，豆汁儿，被北京人美化。说起豆汁儿，都愿意拿梅兰芳和林海音说事。说梅兰芳怎么怎么爱喝这一口，在上海蓄须明志的时候，想豆汁儿想得要命，荀慧生如何如何买了四斤豆汁儿，装在大瓶子里，专程给梅兰芳送去。说林海音阔别多年从台湾回到北京之后，人们问她最想吃点儿什么，她是怎么怎么想喝这一口，真的喝到的时候，又是如何如何一连喝了六大碗，还没喝够，还想喝。

我不知道这里有没有演绎的成分，我只知道，梅兰芳也好，林海音也罢，都是名流，不过是借助名人来抬高豆汁儿的身份罢了，所谓水涨船高，沾了名人的一点仙气，丫鬟也就可以叫小姐了。

有一点，却是可以肯定的，那就是无论梅兰芳还是林海音，他们当年喝豆汁儿，一定不是现如今的豆汁儿。

老北京，豆汁儿是最地道的底层贫民吃食，比卤煮和爆肚还要贫民，一碗豆汁儿，就一点儿咸菜，几个火烧，就是一顿饭。那时候，卖豆汁儿最出名的，是花市火神庙的豆汁儿丁，几代人都是挑担穿街走巷，吆喝着卖。这样的叫卖方式，和贫民化的需求，正相吻合，与那些达官贵人到有戏台的冷饭庄觚筹交错地吃大餐，霄壤之别。就别再拿梅兰芳和林海音说事了。

豆汁儿丁真正有了自己的店铺，是1958年的事情了，店开在磁器口。那时磁器口是一个丁字路口，正中间是一座庙，解放以后改造成少年之家。豆汁儿丁的店铺紧挨着它。读中学时，我第一次喝豆汁儿，就是在那里，放学路过，尝个新鲜。二分钱一碗，一口大锅架在火上，灰绿色的豆汁儿在锅里始终冒着热气，很热乎，很稠糊。但说心里话，没喝出什么味儿来。实在弄不清，为什么梅兰芳和林海音那么爱这玩意儿？人和人的胃，真的是不一样。

如今，磁器口的豆汁儿店，搬家到天坛北门，店招牌上依旧标榜着磁器口老店的字样。但豆汁儿的味道已经逊色很多了，起码和我最初喝的豆汁儿比，没有那么稠，那么热了。焦圈是陈的，不知放了几天，别说没有那么脆，掉地上能碎得掉渣儿了，嚼着都发皮发艮。

据说现在豆汁儿做得最好的，是尹三家。它离如今的磁器口店不远，我没去过，不想再尝了。

111

芥菜疙瘩

咸菜这玩意儿，是农业时代的产物，对应的是漫长冬春两季青黄不接时青菜的短缺。我不知道咸菜是不是咱们中国的发明，不过，咱们咸菜的历史确实够悠久。对上下几辈老北京人而言，这玩意儿，谁家都离不了。而且，老北京人还特别讲究，即使切一盘芥菜疙瘩，也得切得细如发丝，还得撒上芝麻粒，再浇上几滴香油，吃得那么津津有味。

老北京的酱菜园有很多家，最有名的是四大家，分别是六必居、天源、天章涌和桂馨斋。它们的历史是它们的骄傲：六必居创建于明嘉靖九年（1530），天源创建于清同治八年（1869），天章涌创建于光绪七年（1881）。还有便是山东人开的山东屋子，其代表是铁门胡同的桂馨斋，开业于乾隆年间（1736—1795）。个个身后这样厚重的历史，让它们曾经沧海难为水，名气自矜。

和时光和历史腌制在一起的，是它们的滋味，一样的丰富、讲究而性格突出，绝不雷同。像酒讲究酱香型、浓香型、醇香型一样，旧时京城的酱菜园，分为"老酱园"、"京酱园"和"南酱园"三大派系，前者讲究用老黄酱腌制，味道偏咸却酱香浓郁；中者用甜面酱腌制，味道咸中发甜；后者用南方方法腌制，甜中带酸。六必居和天源是"京酱园"和"南酱园"的代表，天章涌则是"老酱园"的代表，桂馨斋也属于"南酱园"，有绝活儿，擅长冬菜梅干菜和佛手，曾受御膳房赏识进过宫里，有别于一般"南酱园"。愿意吃哪一口的，就奔哪一家，所谓萝卜白菜，各有所爱。老北京人有自己的讲究。

小时候，我们大院斜对面，有家泰山永油盐店。六必居，在大栅栏边的粮食店街，离着远点儿。两家卖的东西差不多，平常应急买咸菜，我们都到泰山永。有意思的是，街坊们一般到泰山永说是买咸菜，到六必居叫买酱菜，一字之差，透着人们看人眉眼高低的心思。小时候，芥菜疙瘩是大众的看家菜，无论六必居还是泰山永，每斤都卖七分钱。好多街坊，买芥菜疙瘩，还是愿意多跑几步道，到六必居。那个年月，各家都不富裕，无论到哪儿买咸菜，更多是买芥菜疙瘩。

如今，泰山永早不在，天章涌也已经不在，天源和桂馨斋的牌子还在，店铺被拆了。唯一还立在原地不倒的，只有六必居，严嵩题写的老匾额也还在。

六必居留给我童年印象最深的，是买过一次酱佛手，非常好吃，也非常好看。几十年过去了，去过多次六必居，再没有见过酱佛手。前几天，又去了一趟六必居，看见它的门前搭起脚手架，又在装修。这是自1900年大栅栏大火殃及六必居重建之后的第五次装修了。听说是有新品种亮相，专程赶去，看看会不会有酱佛手出现。转了一圈，没有发现，只看见芥菜疙瘩七点八元一斤了。

烤白薯和烀白薯

老北京，冬天里卖白薯的，有两种：烤白薯和烀白薯。都很便宜，是最平民化的食物。

民国时，徐霞村先生写《北平的巷头小吃》，提到他吃烤白薯的情景。想那时他当然不会沦落到祥子只能吃白薯秧子的地步，他写他吃烤白薯的味道时，才会那样兴奋甚至有点儿夸张地用了"肥、透、甜"三个字，真的是很传神，特别是前两个字，我是从来没有听说过谁会用"肥"和"透"来形容烤白薯的。

烀白薯，是在街头支起一口大铁锅，里面放上水，把洗干净的白薯放进去一起煮，一直煮到把开水耗干。因为白薯里吸进了水分，所以非常地软，甚至绵绵得成了一摊稀泥。想徐霞村先生写到的"肥、透、甜"中那一个"透"字，恐怕用在烤白薯上不那么准确，因为烤白薯一般是把白薯皮烤成土黄色，带一点儿焦焦的黑，不大会是"透"，用在烀白薯上更合适。白薯皮在滚开的水里浸泡，犹如贵妃出浴一般，已经被煮成一层纸一样薄，呈明艳的朱红色，浑身透亮，像穿着透视装，里面的白薯肉，丝丝都能够看得清清爽爽，才是一个

"透"字承受得了的。

烀白薯的皮，远比烤白薯的皮要漂亮，诱人。仿佛白薯经过水煮之后脱胎换骨一样，就像眼下经过美容后的漂亮姐儿，须刮目相看。水对于白薯，似乎比火对于白薯要更适合，更能相得益彰，让白薯从里到外可人。烀白薯的皮，有点儿像葡萄皮，包着里面的肉简直就成了一兜蜜，一碰就破。因此，吃这种白薯，一定得用手心托着吃，大冬天站在街头，小心翼翼地托着这样一块白薯，嘬起小嘴嘬里面软稀稀的白薯肉，那劲头只有和吃"喝了蜜"的冻柿子有一拼。

"烀"字是地地道道的北方词，好像是专门为白薯这种吃法的订制。烀白薯对白薯的选择，和烤白薯的选择有区别，一定不能要那种干瓤的，选择的是麦茬儿薯，或是做种子用的嫩白薯。老北京话讲处暑收薯，那时候的白薯是麦茬儿白薯，是早薯，收麦子后不久就可以收，这种白薯个儿小，瘦溜儿，皮薄，瓤儿软，好煮，也甜。用来做种子用的，在老白薯上长出一截儿来，就掐下来埋在地里。这种白薯，也是个儿细，肉嫩，开锅就熟。

当然，这两种白薯，也相应地便宜。烀白薯这玩意儿，是穷人吃的，从某种程度上，比烤白薯还要便宜才是。我小时候，正赶上三年困难时期，全国闹自然灾害，每月粮食定量，家里有我和弟弟正长身体要饭量的半大小子，月月粮食不够吃。家里只靠父亲一人上班，日子过得拮据，不可能像院子里有钱的人家去买议价粮或高价点心吃。就去买白薯，回家烀着吃。那时候，入秋到冬天，粮店里常常会进很多白薯，要用粮票买，每斤粮票可以买五斤白薯。但是，每一次粮店里进白薯了，都会排队排好多人，都是像我家一样，提着筐，拿着麻袋，都希望买到白薯，回家烀着吃，可以饱一时的肚子。烀白薯，便成为那时候很多人家的家常便饭，常常是一院子里，家家飘出烀白薯的味儿。

以前，卖烤白薯的一般吆喝：栗子味儿的，热乎的！以当令的栗子相比陟，高抬自己。烀白薯，没有这样的攀龙附凤，只好吆喝：带蜜嘎巴儿的，软乎的！他们吆喝的这个"蜜嘎巴儿"，指的是被水耗干挂在白薯皮上的那一层结了痂的糖稀，对我们这些平常日子里连糖块都难得吃到的孩子们来说，是一种挡不住的诱惑。

懂行的老北京人，最爱吃锅底的烀白薯，是烀白薯的上品。那样的白薯因锅底的水烧干，白薯皮也被烧煳，便像熬糖一样，把白薯肉里面的糖分也熬了出来，其肉便不仅烂如泥，也甜如蜜，常常会在白薯皮上挂一层黏糊糊的糖稀，结着嘎巴儿，吃起来，是一锅白薯里都没有的味道，可以说是一锅白薯里浓缩的精华。一般一锅白薯里就那么几块，便常有好这一口的人，站在寒风中，程门立雪般专门等候着，一直等到一锅白薯卖到了尾声，那几块锅底的白薯终于水落石出般出现为止。民国有竹枝词专门咏叹："应知味美惟锅底，饱啖残余未算冤。"

糖炒栗子

老北京冬天的大街上，卖糖炒栗子的，很气派。清《都门琐记》里说："每将晚，则出巨锅，临街以糖炒之。"《燕京杂记》里说："每日落上灯时，市上炒栗，火光相接，然必营灶门外，致碍车马。"想巨锅临街而火光相接，乃至妨碍交通，想必很是壮观。一街栗子飘香，是冬天里最热烈而温暖浓郁的香气了。

早年间，卖糖炒栗子的，大栅栏西的王皮胡同里一家最为出名，那时候，有竹枝词唱道："黄皮漫笑居临市，乌角应教例有诗。"黄皮，指的就是王皮胡同；乌角，说的就是栗子。将栗子上升为诗，大概是因为经过糖炒之后的升华，是对之最高的赞美了。

当然，这是文人之词，对于糖炒栗子，文人一直钟情："栗香前市火，菊影故园霜。"将栗子和文人老牌的象征意象的菊花叠印一起，颇有拔高之处。不过，诗中所说的由栗子引起的故园乡情，说得没错。我来美国多次，没有见过一个地方有卖糖炒栗子的，馋这一口，只好到中国超市里买那种真空包装的栗子，味道和现炒现卖的糖炒栗子差得太远。

有一年十一月，我去塞尔维亚，在一个叫尼尔的小城，晚上到城中心的邮局寄明信片，在街上看到有卖栗子的，不是在锅里炒，是在一个像咖啡壶一样小小的火炉上烤。我买了一小包尝尝，虽然赶不上北京的糖炒栗子甜，却味道一样，绵柔而香气扑鼻，一下子，北京的糖炒栗子摊仿佛近在眼前。

比起糖炒栗子，南方有卖煮栗子的，每个栗子都剪出三角小口，而且加上了糖桂花，味道却差了些。缺少了火锅沙砾中的一番翻炒，就像花朵缺少了花香一样，虽然还是那个花，意思差了很多。

如今，北京城卖糖炒栗子的有很多，"王老头"是其中出名的一家，因为出名，还特意将"王老头"三字注册为商标，可谓京城独一份。二十多年前，"王老头"的糖炒栗子在榄杆市，临街一家不起眼的小摊，因为他家的糖炒栗子好吃，四九城专门跑到那里买的人很多。我也是其中之一。确实好吃，不仅好吃，关键是皮很好剥开。栗子不好保存，卖了一冬，难免会有坏的。因此，衡量糖炒栗子的质量，除栗子坏的要少，肉要发黄，以证明其是本季新鲜的之外，就是皮要好剥。

京城卖糖炒栗子的有很多，让我难忘的，还有一家。说是一家，其实，就是一个人招呼。他是我在北大荒的一个荒友，同样的北京知青，上个世纪九十年代初，从北大荒回到北京，待业在家，干起了糖炒栗子的买卖。他在崇文门菜市场前，支起一口大锅，拉起一盏电灯，每天黄昏，自己一个人拳打脚踢，在那里连炒带卖带吆喝，以此维持一家人的生计。那里人来人往，他的糖炒栗子卖得不错。他人长得高大威猛，火锅前，抡起长柄铁铲，搅动着锅里翻滚的栗子，路旁的街灯映照着他汗珠淌满的脸庞，是那样地英俊。

　　崇文门菜市场，后来被拆迁了。他的糖炒栗子的小摊也没有了。不仅没有了，连他的人也没有了。他患病，那样早就去世了。如今，每一次，路过原来崇文门菜市场早已经面目皆非的老地方，我总会忍不住想起他和他的糖炒栗子。

酒酿饼和藤萝饼

早闻苏州采芝斋的酒酿饼,这是一种时令点心,只在寒食前后的春季里有卖。好多年,采芝斋都没有卖酒酿饼了,大前年春天,听说采芝斋重开酒酿饼旧帜,店前买者如云,一购而空。无从前往苏州,便赶紧从网上订购一盒十块。

酒酿饼不过是一种民间吃食,并不金贵,制作起来也不多么复杂。其最大的特点之一,是用大量的酒酿和面,裹馅烤制。特点之二,馅里一定要有一小块蜜制几日的猪油,方才风味独特。民间有传说,元末起义领袖张士诚带母亲逃亡,途经苏州,母亲险要饿死,一农人送她一块酒酿饼救急,方才死里逃生。所以,酒酿饼又被称为"救娘饼"。传说不可当真,但起码说明此饼早在元代就有。

酒酿饼到,因已隔日,有些发硬。这种时令食品,要现做现吃,才可以吃出味道。尽管饼皮依旧有些硬,但酒酿的味道很浓,很香。馅有豆沙和玫瑰两种,相比较,玫瑰馅的更好吃,里面加以果仁瓜子,蜜制后那一小块猪油,晶莹透明,玉一般镶在其中,格外扎眼。几种食材交融一起,起了化学反应一样,吃起来,和云南的玫瑰饼、北京稻香村的玫瑰饼,味道不同，没有那么甜，而且要香。

这是我第一次吃酒酿饼，感觉非常。吃完之后，忽然想起北京的一种和酒酿饼相类似的点心——藤萝饼。说它们两个类似，是因为都属于时令食品，同样都是在春天里做，在春天里卖，过了季节，一样吃不到。藤萝花盛开的春天，旧日京城的大小点心铺里，都曾经卖过藤萝饼，甚至庙前进香的山间道旁，也有小贩在卖，并不鲜见。

后来，藤萝饼再也未曾见到了。如今，京城最有名卖糕点的店铺稻香村，常年卖鲜花玫瑰饼，二十四节气，也都分别卖过应季的其他时令点心，就是没有卖过藤萝饼。

当然，这和藤萝饼难做有关（相比较而言，比做酒酿饼难度要大）。拿它同酒酿饼和玫瑰饼相比，它是真正的应季食品，过季就是过了这村没这个店了。真的是擦肩而过，稍纵即逝，和北京的春天那样密切相关，肌肤相亲。当年，藤萝花开的季节，京城名店如正明斋或祥聚公，是非要到京城各大寺庙去采集藤萝花做馅的（不仅为了干净没有污染，更要借助佛心禅境的象外之意，这和酒酿饼被称作"救娘饼"一样，为其增添文化含义，而让其别具一格）。现在，谁还愿意费这样的劲？

藤萝饼难做，首先在于馅。前辈学人邓云乡先生，是地道的热爱藤萝饼之人，曾经介绍过这种馅的做法："藤萝饼的馅子，是以鲜藤萝花为主，和以熬稀的好白糖、蜂蜜，再加以果料松子仁、青丝、红丝等制成。因以藤萝花为主，吃到嘴里，全是藤萝花香味，与一般的玫瑰、山楂、桂花等是迥然不同的。"

藤萝花无法像玫瑰一样可以制成蜜饯，长期保存备用，只能鲜花制作，过季难再。这也就是为什么稻香村里玫瑰饼常年可卖，唯独藤萝饼难见踪影的另一种缘故。

藤萝饼难做，还在于藤萝饼的皮子，不能如玫瑰饼一样是酥皮，必须是翻毛。酥皮可不是翻毛，过去有词专门说翻毛："京都好，佳点贵翻毛。"所以为贵，是得要上好的面粉过箩筛细，用酥油和面，反复揉搓，用的是工夫和心思，还有独到的手艺。另一位前辈学人金云臻先生在《饾饤琐记》一书中，对藤萝饼这种翻毛皮子有过专门的描述："层层起酥，皮色洁白如雪，薄如蝉翼，稍一翻动，则层层白皮，联翩而起，有如片片鹅毛，故称翻毛。"如此绝顶的翻毛，其中每一层皮要"薄如蝉翼"，则是关键，和如今玫瑰饼的酥皮不可同日而语，也是玫瑰饼难以望其项背的。

当年，离开北京到上海居住的邓云乡先生，在京城诸多糕点中，唯独格外怀念藤萝饼。他曾经写过这样一首诗："偶惹乡情忆饼家，藤萝时节味堪夸。自怜食指防人笑，羞解青囊拾落花。"老先生是那么思念这一口，很想拾取落在地上的藤萝花回家自己做藤萝饼呢。想和老先生一样怀念藤萝饼的，会有很多人吧？起码，我是其中的一个。

冬菜包子

中山公园里来今雨轩的冬菜包子，在北京十分出名，几乎成了来今雨轩的代名词。

我没觉得那冬菜包子如何与众不同，只是包子的馅用冬菜和肉末做成，与北京常见的猪肉大葱馅的包子味道不大一样罢了。面皮加了一些白糖，吃起来甜丝丝的。

我小时候到这里吃冬菜包子，主要是便宜，也方便，常在中山公园疯玩半天之后，到这里买两个冬菜包子，填饱肚子，下午接着疯玩。长大以后，特别是上个世纪九十年代，有外地朋友来北京，慕名来这里吃包子，可以坐在亭台上看看眼前的风景，扯扯当年的历史：五四时期，李大钊倡导的少年中国学会、中国画研究会，以及鼎鼎有名的文学研究会，都是在这里相继成立的。胡适当年宴请杜威，也是选择来这里；张恨水有名的小说《啼笑因缘》，也是坐在这里慢慢写成的；那么多的名人，尤其是文人，比如柳亚子、鲁迅、陈寅恪、叶圣陶、周作人、张恨水、沈从文、林徽因等人，还有秦仲文、周怀民、王雪涛等一些画家，都愿意到这里来，喝喝茶，吃吃冬菜包子，不知道他们吃出来什么味道。

当然，也会说起"文革"期间，来今雨轩前面的花坛里改种棉花的奇景；再说起民国时期的大总统徐世昌题写的"来今雨轩"老匾额，当时卸下来当成厨房的面板，会觉得来今雨轩像个神奇的魔方。世事沧桑中，和来今雨轩历史一样漫长的冬菜包子，滋味便不同寻常。

如今到来今雨轩买冬菜包子，有时候要排长队，每人限购两个，有精致的外包装，真的是不同寻常了。

葱烧海参和油爆肚仁

那天午饭,正好有幸同王义均老先生同桌。他是一代名厨,国宝级的烹饪大师,丰泽园老饭庄的主厨。如今,退隐江湖,长闲有酒,一溪风月共清明,难得在餐厅里再见到他的身影了。

王先生师从鲁菜一代宗师牟长勋,在国内外拿过大奖,葱烧海参、烩乌鱼蛋、醋椒鱼等丰泽园的看家菜,都是他的拿手绝活儿。当年,做国宴请他去;梅兰芳在世时,做家宴一定也要点名请他去;客座美国,牛刀小试,让外国人看得眼花缭乱,当地报纸称赞他的技艺简直是具有"魔术般的魅力"。

能够和这样的大师坐在一起吃饭,真的是长学问,他是真正的知味之士,而且是知底人家,所谓变戏法瞒不过筛锣的,什么能瞒过他的法眼呀?

上来了一盘葱烧海参。海参一共有十三个品种,过去葱烧海参的海参,一定得用灰参,而且葱得先放进汤中,熬出葱香味来备用,最后的海参你才能够吃出葱烧的味道来。现在的葱都是后加上的,是为了让你看的。王先生是做这道菜的大师,他告诉我以前做这道菜,海参都是自己亲自挑亲自发的。那时候的认真与精细,只存在我们的想象中了。

我请教王先生，这盘葱烧海参做得怎么样？他告诉我起码葱不是后加上的，经过了烧。葱烧葱烧嘛！

又上来一盘油爆肚仁，王先生一定要我尝尝，告诉我这是一道清真菜，现在这道菜很难吃到了，当年马连良最爱吃这一口。

我吃过，不懂行，只觉得挺好吃，便又请教他这盘油爆肚仁做得怎么样。他告诉我做得不错，这道菜，肚仁一定要鲜嫩脆口，干净雪白，难就难在这里。油爆，关键油温一定要高，油烧得要冒烟，肚仁事先要煨好，火候至关重要，肚仁下锅后，翻炒几下，就得出锅，这才叫油爆！

我不懂王先生说的这些奥妙，只是觉得葱烧海参和油爆肚仁，确实好吃。或许是知道今天王先生到场，厨师不敢懈怠，得拿出浑身解数才行。

饭后，厨师从厨房来到餐桌前，谦虚请教王先生。在王先生面前，他是学生的学生，算得上是孙子辈的徒弟了。王先生极其平易，连连拱手称赞。

如今，实在是大师泛滥的时代，到处都冠以"大师"二字，如同蛐蛐的两根长须子，谁稍稍一挑逗，都能够立刻奓开，像是唱戏的名角抖动着头上的翎羽似的自以为是。而真正的大师，却如王义均先生，已经大隐隐于市。我真的是有幸，能够见到王先生，并沾了他的光，吃到这样水准不一般的葱烧海参和油爆肚仁。

四吃鱼

致美斋,是北京一家老饭店,清咸丰同治年间,开在煤市街。当年,梁实秋常爱去那里吃饭。它的招牌菜一鱼四吃(红烧鱼头、糖醋瓦块、酱汁中段、糟熘鱼片)和烩两鸡丝(生鸡和熏鸡,红白相映)。原来商务印书馆的辞书专家刘叶秋先生曾有诗赞美:四作鱼兼烩两丝,斋名致美味堪思。

其中一鱼四吃,必须是活鱼。致美斋原来院子里,有一个六平方米的长方形木鱼盆,养着活鱼,客人指鱼为菜,当场摔死,以示决不更换,这种旧京城的"仪注",成了致美斋的招牌。

致美斋菜好,命不济,上个世纪三十年代末关张后,销声匿迹了五十年,一直到改革开放后,移地在粮食店街开业,不几年,又关张。大约二十年前,它再次移地白广路,重张旧帜。我闻讯立即赶去,为的就是尝尝它的镇店名菜一鱼四吃。

致美斋原来是二层木楼,楼前有院,新店面临大街,没有了院子,放活鱼的木盆,自然也就没有了;当场捞鱼摔死"仪注"的形式,也省略了。菜倒是不贵,九十八元一份,上得极快,想象不到的快,且是四种鱼一下上齐。可以想象得到，都是事先做好备用，客人点菜后，上锅一热，齐活儿！

令我更加吃惊的是，量是够足的，一条鲤鱼足有三斤多（鲤鱼三斤以上就不好吃了），做得很粗，特别是糟熘鱼片，鱼片切得刀工实在不敢恭维，粗大如膀大腰圆的壮汉。想象中的致美斋那种至美至善的感觉全无。

糟熘鱼片这道菜，关键在鱼片和糟两样，糟必须要地道，鱼片必须切细切薄，切成微卷状，做出来才会有脆劲儿，并能够入味。那是一种闺房绣女的细腻感觉，如今却过于粗犷了。至于以前吃一鱼四吃这道菜最后要送上一碗鱼杂汤，用原来那条鱼肚子里的肠肚肝肺做的酸辣汤，现在更是无从相识了。估计鱼早宰好，那些鱼下水，放的时间一久，不新鲜，早就丢掉了。

再也没去过致美斋了。一直想再去，看看这一道名菜一鱼四吃，如今是否有了改进？又一直怕再去，怕看看后，涛声依旧。

烧羊肉

烧羊肉，历史很久，名头很大，袁枚在他的《随园食单》里说：烧羊肉曾"惹宋仁宗夜半之思"。不过，民间和宫廷的说法不尽相同，烧羊肉在京城火爆，成为大众吃食，最早和二月二龙抬头这一天讲究吃面条，即要揪住龙王爷的胡须有关，民俗的色彩更加浓郁。

在老北京，卖烧羊肉的，最有名的有三家：前门的月盛斋，安定门的成三元，隆福寺的白魁老号。PK之后，酱羊肉前两家做得出名，但要论烧羊肉这一道时令吃食，最后胜出而拔头筹的是白魁老号。这是经过人们的口和胃的选择结果，所谓口碑。

做烧羊肉很麻烦，要经过吊汤、紧肉、码肉、煮肉、煨肉和炸肉六道工序。而且，烧羊肉是时令之作，只从二月二卖到入秋，入秋之后，老北京人就吃涮羊肉了。二月二龙抬头这一天，是它开始起出埋藏一冬的老汤烧制出售的一年之始。这一锅老汤，更是烧羊肉的关键。这是白魁老号的秘密武器。

每年二月二这一天，京城百姓到白魁老号买烧羊肉，顺便是能要一碗烧羊肉的汤的，为的是回家用汤煮面条，要揪揪龙须，图个吉利。这一天，朝廷也要专门派人出宫，手捧着八个朱漆彩绘的捧盒，到白魁老号这里来取定制好的烧羊肉，皇上和太后们也要尝一口这里的烧羊肉，白魁老号自然名声大噪，它的烧羊肉更是技压群雄。

白魁老号有一件题外旧事，颇让我难忘。白魁是店主的名字，此家出名，此人倒霉，不知什么原因，竟然和朝廷挂上钩，并且得罪了朝廷而被充军发配到了新疆。这让人匪夷所思，老北京城大小饭馆无数，偏偏让一个普通小店一个普通店主的命运沉浮和紫禁城相连。当时，白魁老号传给了店里一个叫景福的厨师，景家后人将老店一直开到新中国建立之后，却依旧不改店名，让拥有悠久历史的白魁老号传承至今，让人们看到世事沧桑人情冷暖中的道义，和烧羊肉一样滋味绵长，惹新老北京人夜半之思。

白魁老号在隆福寺的时候，我常去那里买烧羊肉。倒不是非得二月二赶那个时髦，有时去逛隆福寺市场，或参观美术馆，或去三联书店，顺便到它那儿买份烧羊肉。如果没忘记带个罐头瓶，它还会给点儿烧羊肉的汤，回家下面条，或放点儿白菜萝卜熬汤，非常好吃。

后来，再去白魁老号，烧羊肉的味道稍稍有点儿咸。有时候，当场忍不住就趁热尝一口，对着服务员笑，他也冲我笑，不知道我的笑是有点儿苦笑。

而且，也不像以前能够额外给你一些烧羊肉的汤。所以，即使如今二月二你还能吃到不错的烧羊肉，但无法用烧羊肉的汤泡面了，揪住龙须那点民俗的意思和味道，多少减了一点儿，甚至荡然无存了。

如今，白魁老号易地到交道口，虽然和隆福寺相隔不远，但老字号最怕易地。好多老字号易地之后，难再重回过去的人气和辉煌。白魁老号，最早开张在清乾隆四十五年（1780），如今已经有两百四十多年的历史。这样的老店，北京城不多了。

好久没去白魁老号，没吃到它的烧羊肉，不知味道怎么样了。

全聚德烤鸭

1972年冬天,我从北大荒回北京探亲,突然想尽尽孝道,在广和剧场买了三张票,晚上带父母去那里看戏。那天,演的是革命样板戏《红灯记》,钱浩亮、袁世海、刘长瑜都出场了,应该是名角荟萃。

这是我第一次带父母看戏。他们也是第一次到广和剧场看戏,显得有些激动。他们自己从来没到广和剧场看过一场戏,连一场票价更便宜的电影都没有看过,舍不得花钱吧。那时候,一斤棒子面才八分钱,他们当然舍不得花那么多钱去看一场戏。

母亲早早地就要做晚饭,我对她说:别做了,我们到外面吃吧,吃完了直接看戏。

广和剧场离我家很近,出西打磨厂西口,往南拐进肉市胡同,走不了几步就到。我带他们到全聚德烤鸭店吃烤鸭。全聚德就在肉市胡同里,吃完之后,正好就近去广和剧场看戏。

这是他们第一次到全聚德吃烤鸭。小时候,姐姐从内蒙古回北京时,带我和弟弟到过这里吃烤鸭。长大以后,我和弟弟分别去了北大荒和青海,前两年回北京探亲的时候,也一起到这里吃过烤鸭，前后都不曾带父母一起来过这里。我们只是把吃剩下的烤鸭带回家，让他们尝尝鲜而已。是他们把我们养大，我们做儿女的却都是这样，不经意，却觉得天经地义，理所当然。

那一年冬天，我即将二十五岁，才好像长大了一些，想起这些往事，忽然觉得对父母有些歉疚，特别看到他们已经变得有些苍老了。

他们很高兴，跟着我先来到了全聚德。坐在餐桌旁边，望着他们小心翼翼地用薄饼卷着肉和葱酱，吃着烤鸭，不知为什么，我的心里酸酸的，不清楚是为了他们，还是为了自己。

吃完烤鸭，走出全聚德，天下起了雪来。我忽然想起读高中的那年春节前，为看马连良的戏，在这里排出一列蜿蜒长队的盛景，不禁望了望身边的父母，有一种说不出的滋味。心里在想，如果那一年能排队为他们买票看看马连良的戏，该多好。七八年前，他们还没有显得这样苍老而步履蹒跚。而今，他们老了，马连良已经不在。

几步路，就到了广和剧场。我们的座位在楼上。剧场里，比外面暖和多了。戏开演之后，母亲大概看不大懂，我看见父亲不停小声地给她讲解着戏中的内容。他们看得津津有味。这是他们头一次到这里来看戏，也是最后一次，就像到全聚德吃烤鸭，是头一次，也是最后一次。

戏散之后，走出剧场，外面的雪下大了，纷纷扬扬的雪花，铺满一地，雪白雪白，很厚一层。肉市小胡同里的灯很暗，地上的雪很滑，他们老两口互相搀扶着，一边走一边还在说着刚才戏里的事，显得兴致勃勃，就这样走进西打磨厂，一直走回家。街上很静，没有什么人，在散了黄似的昏黄路灯映照下，雪地上，踩出了我们深深的脚印，这一情景一直刻印在我的记忆里。

第二年的秋天，父亲在前门楼子后面的小花园里打太极拳，一个跟头倒地，送到同仁医院，脑溢血去世。

便宜坊烤鸭

米市胡同的便宜坊老店，在第二次世界大战日本侵入北京期间就倒闭了，后在鲜鱼口开店，那座木制的二层小楼，一直挺立到 2008 年之前拆迁。

上个世纪八十年代，有了孩子之后，曾经专门带他到那里吃烤鸭，尝尝他家的味儿，让他知道便宜坊和全聚德的烤鸭区别：一为焖炉，隔火；一为挂炉，明火。

有意思的是，那一天正巧碰上同在北大荒插队的一位荒友，他返城后经商发了点儿小财，娶了我们"大兴岛上一枝花"，一位漂亮的上海知青。他老远先看见了我，就从座位上起身向我走过来。多年不见，都很高兴。寒暄之后，他把我拉到一旁，指着他座位上的一个男人悄悄对我说，他正请这位也是北大荒的荒友吃烤鸭，这位荒友在教育局工作。问我认识不认识这位荒友，我定睛仔细一看，还真认识，不仅认识，还是我中学的同学。他立刻说：那你来得真的太巧了，今儿你得帮帮我！

原来前些天，他不忘旧情，特意回他的母校看望老师，看到他的班主任一家住在拥挤的小房子里，学校几次分房，就是轮不到老师的头上。路见不平，拔刀相助，他找到这位在教育局当小头目的荒友，请他帮忙疏通校长的关系，说花多少钱，他掏，怎么也得让他的老师分上房子。有意思的是，在学校时，他是调皮捣蛋的嘎杂子琉璃球，班主任并不待见他。

他真够仗义的，让我感动。我跟着他径直走到我的这位同学面前。同学也看清是我，坐在那儿冲着我一个劲儿地笑。我刚要对他说话，他先开口了：援兵来了！然后指着我身边的这位荒友说，是不是他专门请你来的？给我压力？我忙对他说：巧合，纯属巧合。不是压力，是动力！他一摆手，笑道：行了，什么也别说了。你们俩放心，行不行？

话说到这份儿上，和他聊了几句，我便让他们二位接着吃接着喝，接着商量具体的事，走到一边，带孩子落座点菜去了。

吃完烤鸭，远远地向他们二位挥挥手，带着孩子结完账先走了。没有想到，后面一位服务员追出大门，一直追到鲜鱼口街上，手里提着一只烤鸭，对我说：是你的那位朋友送给你的。

因有这样一段特殊的经历，那位北大荒的荒友，让我连带对便宜坊有一种说不出的感情。以后多次到前门，只要是吃烤鸭，总要到便宜坊。

鲜鱼口改造，不知为什么把二层小楼的便宜坊拆掉了，然后东移至如今东侧路的边上。这让我很有些失落，甚至为便宜坊有些伤感。老店最怕搬家，老店所包含的内容是一体化的，其中包括老牌子、老食谱、老烹饪法，也包括老地址。老店易地，元气大伤，甚至全无。曾经在前门肉市风生水起的便宜坊和全聚德，一百多年过去了，全聚德一直顽强屹立在旧地，虽几曾颠簸，却依然为人瞩目，而新店便宜坊如今门可罗雀。

　　我再也没去过便宜坊，吃它的焖炉烤鸭。但我常会想起那座二层小木楼，想起那位娶了我们"大兴岛上一枝花"的荒友。他应该娶到这样漂亮的媳妇。

北京小吃

北京小吃,有宫廷和民间之分,爱窝窝属宫廷,豆汁儿自民间。无论哪一类,绝大多数是清真的。这有其历史渊源,最早要上溯到唐永徽二年(651),那时候,第一位来自阿拉伯的回民使者,到长安城拜见唐高宗,自此伊斯兰教传入中国。与此同时带来清真口味的香料和调料,比如我们现在说的胡椒,明显就是,胡椒的一个"胡"字,说的就是回民;其他如茴香、肉桂、豆蔻都是来自那里,琳琅满目的众多香料和调料,确实让中原耳目一新,食欲大增。

大量西域穆斯林人流入并定居中国,在元代,北京最著名的回民居住的牛街,就是那时候形成的。他们同时把回民的饮食文化带到了北京,如水一样漫延进了人们的喉咙和胃,是比香料和调料还要厉害的一种耳濡目染和潜移默化。

写过《饮食正要》的忽思慧,本人是回民,又是当时的御医,《饮食正要》里面写的大多是回民食谱,宫廷和民间都有,是最早的清真小吃乃至饮食的小百科。比如现在我们还在吃的炸糕之类的油炸品,老北京汉人中,以前没有吃过,那是古波斯时代的人们就爱吃的传统清真小吃,如果不是牛街的回民把它传给我们，也许，我们还只会吃年糕，不会吃炸糕。

应该说，牛街是北京小吃最早的发源地。

过去说牛街的回民，"两把刀，八根绳"，就可以做小吃的生意了。说的是本钱低，门槛不高。所谓两把刀，就是有一把卖切糕的刀，一把切羊头肉的刀，就可以闯荡天下了。别看只是普通的两把刀，在卖小吃的回民中，是有讲究的。切糕粘刀，切不好，弄得很邋遢，讲究的是切之前刀上蘸点儿水，一刀切下来，糕平刀净，而且分量一点儿不差。卖羊头肉，更是得讲究刀工，过去竹枝词说："十月燕京冷朔风，羊头上市味无穷。盐花撒得如雪飞，薄薄切成与纸同。"

八根绳，说的是用绳拴起一副挑子，就能够走街串巷了，入门简单，成为了当时居住在牛街贫苦回民的一种生存方式。所以，最早北京小吃是摊子，挑着走街串巷吆喝着卖。有了门脸儿，有了门框胡同的小吃街，是后来民国之初的事了。

回民自身干净，讲究卫生，更是当时强于汉人的方面，赢得了人们的放心和信任。过去老北京人买东西，经常会嘱咐我们孩子：买清真的呀，不是清真的不要啊！在某种程度上，清真和卫生对仗工整，成了卫生的代名词。

北京小吃，就是这样在岁月的变迁中慢慢地蔓延开来，不仅深入寻常百姓之中，也打进红墙之内的宫廷，成为了御膳单上的内容之一。可以这样说，北京的名小吃，现在还活跃的爆肚冯、羊头马、年糕杨、馅饼周、奶酪魏、豆腐脑白……几乎全是回民。民国时期和新中国成立初期，北京最有名的小吃一条街——大栅栏里的门框胡同，很多是来自牛街的回民。有统计说，那时候全北京卖小吃的一半以上，都是来自牛街。开在天桥的爆肚满掌柜石昆生，就是牛街清真寺里的阿訇石昆宾的大哥。北京小吃，真的是树连树，根连根，打断了骨头连着筋，和牛街，和清真，分也分不开。

这样一捯根儿，会发现北京小吃，如今真的让人汗颜。尤其是对比广州成都扬州乃至南方一些小镇的小吃，差距明显，说是沦落并不夸张。原来引以为豪的卤煮、爆肚、炒肝、油条、豆汁儿、炸灌肠，即便是老字号，味道也差很多，不是传承的老手艺，而是萝卜快了不洗泥，空打着北京小吃的招牌。早点中的豆腐脑，更是难以恭维，以前豆腐脑是用碎口蘑和羊肉熬成的汤，如今成了黑乎乎的酱油汤。有一次，看到多年未见的炸羊尾儿有卖，这是一种传统北京小吃，鸡蛋清搅拌成棉絮状，内裹豆沙馅，下油锅炸成一团羊尾状，立即捞出。其中搅拌蛋清、裹馅和油炸，需要手艺。等了好半天，给我端上来的，是不成样子的一摊烂泥般的东西，一塌糊涂，难以下箸，师傅自己看着都很尴尬。经营北京小吃的人，和前辈实在差着不止一个节气。

北京小吃，真是不可小视，它的根很深，道很广呢。懂得它的历史，才好珍惜它，挖掘并发扬它的传统优势。同时，也才会品味得到，别看北京古老，真正属于北京自己的东西，除了藏在周口店的北京猿人的头盖骨,其实并不多,基本都是从外面传进来的,以开放的姿态和心理,虚心向外地学习,才有了北京的小吃,也才能够形成北京小吃的性格和品格。

辑三：北大荒之味

背诵语文课本陈毅写的《赣南游击词》里的一首：

"叹缺粮，三月肉不尝。夏吃杨梅冬剥笋，猎取野猪遍山忙，捉蛇二更长。"

大家说陈老总那时比咱们北大荒强，还有野猪和蛇肉吃呢！

然后，吃凉不管酸地哈哈大笑。

扁 豆

北大荒的扁豆，不见得最好吃，却最难忘。

第一次吃，是刚到北大荒那天的黄昏。我们要过七星河到大兴岛，那时河上还没有桥，要渡船过河。河水弯曲，水道复杂，水底又有水草蔓延，黄昏时分，天说黑就黑下来，河面上一片浓浓的雾气笼罩。安全起见，农场领导把我们安排在当地大礼堂打地铺睡一夜，第二天清早过河。这一天晚饭，大家分散到老乡家吃。我到那户农家时，一盘热腾腾的饺子，已经端上小炕桌。饺子馅，是用扁豆和猪肉做的，没放酱油，非常绿，真香。比在北京吃的扁豆馅饺子香，贪吃吃撑，暂时忘了北京，忘了家。

非常奇怪，五十五年过去了，至今还记得那天黄昏时吃的扁豆馅饺子。

扁豆花很好看，在北京我住的大院里，很多人家门前种有扁豆，紫色的小花，对瓣开，迎风摇曳时，像紫蝴蝶，摇头晃脑，使劲儿地飞，就是飞不起来，很着急的样子，特别好玩。北大荒的菜园里，扁豆架一排排，列阵的仪仗队似的，要气派得多。满架扁豆花盛开的时候，紫莹莹的，一片片铺开，涂抹着北大荒夏天最娇艳高贵的色彩。

扁豆并不是为了好吃，才让花开得好看，好吃的菜开的花不见得一定好看，正如娶进家门的媳妇，人好不见得长得好看一样。但是，人好又好看的媳妇，到底还是让人喜欢的，扁豆就是这样让人喜欢的一种菜。

不知别人怎么看，我觉得最好吃的扁豆，是干扁豆，北大荒叫做干豆角子。北大荒冬天长，青菜不易保存，会将很多菜晾晒成干，最常见的是茄子扁豆。过年的时候，将干豆角和猪肉加粉条一起炖煮，是一道美味无比的年菜，扁豆浸透了肉味，很香，特别有嚼头。也有把干豆角水发之后，和猪肉一起剁馅包饺子，和新鲜的扁豆不一样，里面有夏天的滋味，也有秋冬两季时光经过的滋味，像一幅老照片，褪了色，卷了边，却更让人感慨回味。

头一次回北京探亲，老乡看我爱吃干豆角，特意装了一大包，让我带回家。在北京，没吃过干豆角，照着北大荒的做法，包了一顿饺子，全家人都爱吃。

黄 豆

黄豆，几乎伴随着我的成长史。最初的印象，它很平常，不起眼，小时候常吃，用水泡过，可以发芽，长出小嘴，叫做黄豆嘴儿；也可以不发芽，叫煮黄豆；一般都是用来作炸酱面的菜码。

那时候，我妈常对我和弟弟说的一句话是：吃黄豆——攒屁！这是句俗语，说的是我和弟弟常说要把零花钱攒下来买这买那，我妈笑话我们说大话，什么也攒不下来。黄豆，在我的眼里，跟这句俗语一样，是个俗物。

黄豆留给我记忆最深的，是三年自然灾害时期，粮食不够吃，父亲浑身浮肿，脚面肿得穿不上鞋，忘记从什么渠道，每月补助两斤黄豆，补充营养。第一次发现，黄豆不可小觑，简直像一味药，竟然还能起到这样的作用。

到北大荒，第一次见到黄豆地，一眼望不到边，每一株豆秧长大，会结出一串串的豆荚，豆荚由绿变黄变成褐色，鼓胀着，成熟了，里面藏着的就是黄豆，一粒粒非常饱满，当地人称为大豆。秋风中，豆地里飒飒作响，是夏收麦子地里没有的声音。那时候，看到北大荒作家林青写的一本散文集《大豆摇铃的季节》，便学会了"大豆摇铃"这个词，常在队上编写的演唱节目中用上，以至于后来不仅知青，连当地好多老乡，都知道了这个词，在我们队上流行。

由于豆地广，收割机顾不过来，需要人工收，队上的知青齐上阵，每人一条垄，一条垄八里地长，天没亮，人就站在了地头，天黑了，还没有割到头。豆收是一个漫长的季节，第一年，天冷结霜了，豆地还没有割完。这时候，豆秸变硬，有尖锐的刺，带着冰霜，扎人很疼，必须戴上手套。有一种五根手指带有黑胶皮的手套，最适合割豆子，但不是每人都有，便纷纷写信向家里讨要这种手套。

北大荒的天气怪，早穿皮袄午穿纱，抱着火炉吃西瓜。中午格外暖和，大家在豆地里休息，等待着马车送饭，四周很安静，很惬意，能偶尔听见豆荚炸裂的哔哔剥剥的声音，很清脆，是那时的天籁。等得不耐烦了，也是肚子饿了，我们会把割下的豆秸拢成一堆，用火柴点着，豆秸很干很脆，一点就着，豆秸烧得差不多了，豆荚里的黄豆自动脱落，已经烧熟，吃起来特别香。一辈子吃过那么多、那么香的黄豆，只在北大荒的豆地里。

有一天，不知因为什么事，一个北京知青和一个上海知青吵了起来。话赶话，火拱火，越吵越凶。最后，北京知青没来由地骂了一句上海知青的姐姐，把上海知青彻底激怒，恶虎下山一样扑了过去，一下把北京知青扑倒在地，两人厮缠一起，打得不可开交。我们赶紧上前拉架，拉了半天拉不开，直到送饭的马车来了。大家知道随之而来的有队长，两人方才住手，身后的豆地，豆秸倒伏一片，豆粒滚落一地。事后，人们知道，上海知青确实有一个姐姐，从小和他相依为命，把他拉扯大，正在上海孤守在家。他和姐姐的感情最好。北京知青特别后悔随口茔上人家的姐姐，不好意思道歉，两人却成了朋友。

所有知青每一次回家探亲，都会带上一袋子黄豆。场院上的粮囤里有的是黄豆，随便拿，好不容易回一趟家，带回一点儿黄豆，队长从来不管，在他眼里，靠山吃山，不算什么。那些年，北大荒知青的家里，缺什么都不缺黄豆。

当然，在北大荒，我们更不缺黄豆吃。不过，除了在豆地里烧黄豆吃，一般很少直接拿黄豆做菜。更多的时候，是用黄豆榨油，或者做豆腐。冬天，没有菜吃，豆腐就是最好的菜了。不过，很少做炒豆腐炖豆腐拌豆腐，更没听说麻婆豆腐，而是做豆腐汤。北大荒兵团所有的连队，冬天都喝汤，有句流行语叫做：从汤原到三江，兵团到处都喝汤！

豆腐汤，只是很多汤中的一种，里面放上黑乎乎的酱油，拢上稠稠的芡，每人呼噜噜喝一大碗。虽然和冻土豆汤冻萝卜汤一样拢芡，都被我们叫做"塑料汤"，但要比冻土豆汤冻萝卜汤好喝许多。

土 豆

家常菜中，土豆常会派上用场。可炒，可煎，可炸，可煮；可单炒土豆片、土豆丝，拔丝土豆；也可和别的菜混合双打，如青椒土豆丝，如干锅土豆。还可做汤，排骨汤、牛肉汤、鸡汤，都可以放土豆块。西餐中，沙拉、薯条、红菜汤、罐焖牛肉，也少不了土豆。可以说，土豆属于菜品中的大众情人，可以和很多蔬菜和谐搭配，烹饪出各种口味。

曾经有一个时期，鼓吹能吃到土豆烧牛肉，就是进入了共产主义。据说，这是当年苏联领袖赫鲁晓夫提出来的，一下子把土豆提升到令人惊叹的新高度。

土豆，学名叫马铃薯。它最大的长处是产量高，最大的问题是容易退化。我读中学的时候，有位同学的父亲是研究马铃薯退化的科学家，老去内蒙古和东北的土豆产地出差，研究了一辈子，也没有完全解决这个退化的问题。

听我的这位同学说，最好吃的是内蒙古和东北的土豆。那时候，没吃过东北的土豆，我姐姐在内蒙古，回家探亲时，会带点儿土豆，确实很好吃。面瓤，烤着吃，蘸点儿白糖，胜过白薯。

到北大荒之后，土豆和白菜胡萝卜，是我们吃的菜里经年不变的老三样。地窖里，放着的永远是这老三样。土豆几乎成了一冬一春饭盒里的常客。好土豆，还比较好吃，但是，冰天雪地，挖得再深再好的地窖，储藏的土豆也常有被冻坏的。这种冻土豆，出现在我们的土豆汤里，就不那么好吃了。我们不能在它好吃时吃，不好吃时就不吃。这样说，不是我们真的不嫌贫爱富，对土豆有什么感情，而是饿得咕咕响的肚子，已经饥不择食。

北大荒的蔬菜，很多喜欢吃，但是，土豆，只要一想起冻土豆，真的怎么也喜欢不起来了。当地，有句骂人笨的俗语：看你长的这个土豆脑袋吧！把人们对土豆潜在的看法道了出来。

不过，土豆开花的时候，很好看，那是土豆的青春期，谁在青春期里都好看，流行过一句俗语：二八佳人青春天，母猪都能变貂蝉。何况土豆！

描写过土豆花的作家，我只见过汪曾祺和迟子建两位。

汪曾祺这样形容土豆花："伞状花序，有一点像复瓣水仙，中间有一个高庄小窝头似的黄心。"

迟子建说它"花朵呈穗状，金钟般吊垂着，在星月下泛出迷离的银灰色"。

汪曾祺写实，迟子建浪漫。一个像水仙，一个像金钟，都极尽美化着土豆花。

其实，土豆花很小，我曾经和伙伴蹲在土豆地里，照过几张相片，土豆花簇拥着我们。照片洗出来，那么好看的土豆花，一点儿影儿也看不出来了。

土豆，虽是菜品中的大众情人，却很卑微。

大 酱

　　大酱，在北大荒的日常饮食生活中，不可或缺。当然，指的是当地真正的农家。在我们知青食堂里，虽然也吃大酱，却不那么经常。

　　东北大酱和北京的黄酱，不尽相同。同样都是用黄豆发酵酿制，味道和样子不完全一样。从表面看，东北大酱的颜色深红，黏稠，有时冻成砖头一样硬；北京的黄酱颜色没那么深，偏黄，也没有那么稠，更不会凝固成形，除非你买干黄酱。

　　北大荒盛产大豆，做酱得天独厚，质量极佳。做酱是技术活儿，都是有经验的老农参加。在我们生产队，不做大酱，农场场部有个加工队，专门负责造酒、做大酱、炼豆油这样专门的活儿，服务于各生产队。所以，在北大荒，我吃过大酱，却没见过大酱是怎么做出来的；虽然去过加工队，从来没有留心甚至在意。

　　到农家做客或打牙祭，常会吃到大酱，一般是酱焖扁豆、酱焖茄子，过年的时候，会做酱焖排骨；松花江开江时，做酱焖烧鲤鱼。当地老乡特别爱做这样酱焖之类的菜，味重，觉得才香。在知青食堂里，很少吃到这样酱焖的菜。想想，大概食堂里做饭的基本都是知青，口味不同，不理会老乡对大酱的感情。

在老乡家里，都有一个酱缸，平常的日子，里面也会腌一个大白菜头或者萝卜，做成咸菜疙瘩头，青黄不接的时候，它们就派上了用场。夏秋两季，自家的菜园里有青菜，他们会用黄瓜、大葱、萝卜蘸大酱吃。这是因为当地老乡很多来自山东，还保留着山东的饮食习惯。

他们是须臾离不开大酱的。我没觉得那大酱腌的咸菜好吃，远比不上北京的芥菜疙瘩，倒是觉得酱焖扁豆、酱焖茄子好吃，酱香味很足，很开胃，下饭。在北京炖扁豆和茄子，很少用大酱。在饭馆里吃京酱肉丝，酱味也不会那么冲，而且会加一些糖，和酱的咸味中和。两相一比，就看出了大酱和北京黄酱的不同，也看出北大荒人的粗犷了。北大荒的大酱，是赤裸着被太阳晒得胸膛黝黑的汉子；北京的黄酱，是系着围裙脸庞被炉火映得通红的大婶大妈。

不过，我一直很奇怪的是，北大荒当地老乡，很少用大酱过油炸后吃炸酱面。知青食堂里，我几乎也没吃过炸酱面。如果多了炸酱，大酱的长处就有了更大更新的发挥了。

我读书少，见过写东北酸菜、血肠、乱炖的文章，没有见过作家有专门写东北大酱，唯一见到的是哈尔滨的作家阿成。他说大酱是东北的独一无二："对于一个东北人来说，你可以没儿没女，没有单位，没有职称，没亲没朋，以至于没有老婆，甚至是身无分文，乃至没有自尊，但绝不能没有大酱！……尽管大酱在东北的餐桌上是那么的不显山不露水，但它的作用却与电灯十分相似，有它的时候，谁也不会拿它当回事，没它，则是一片漆黑。"这实在是情到浓处的知心之味、知味之言。读后，才对东北大酱有了一些新的认识，为自己当年对东北大酱的轻视忽视，很有些惭愧。

辣 椒

辣椒，常见。在我国，很多地方的人喜欢吃辣椒，尤以四川湖南为最。在北京，川菜馆和湘菜馆很多，带动得北京不少人也喜欢吃辣，但比起四川和湖南人，只是浅尝辄止。我从小住的大院是粤东会馆，房东和不少人家都是广东人，没有一家四川或湖南人，因此，见到吃辣的人不多。我家除柿子椒外，基本不吃辣。柿子椒，又叫甜椒，不辣。

可能是少见多怪，第一次见到吃辣吃得那么凶是在湖南，大为惊讶。那是1966年的夏天，我和同学坐火车串联，先到广州，然后折回到衡阳转车到株洲，准备去韶山。在株洲，住在株洲机务段的工人宿舍里，中午去食堂，看见工人们在车间外，每人抱着一个铝制的饭盒，正在吃午饭。走过他们身边，我瞅了一眼，是米饭，没有任何菜，只有辣椒，满满一层的辣椒，红红的，如同车间墙上挂着的红布标语。好家伙，一顿饭要吃这么多辣椒，看着不吃，都觉得辣得慌，真的着实吓了我一跳。正是八月炎热的大暑天，湖南比北京热多了，看他们津津有味吃得满脸是汗。晚上，开联欢会，工人演唱湖南民歌《挑担茶叶上北京》，心想，亏了不是挑担辣椒上北京。

第二次见到这样凶猛无比吃辣椒的,是两年之后。1968年,我到北大荒的第一年冬天,在七星河南岸修水利,我们知青被分配在当地一个叫底窑的小村子里,住各个老乡家。我住的一家,是跑腿子窝棚,东北话管单身汉叫做跑腿子。他有四十多岁的样子,长得像头生牤子一样壮实,不大爱说话。那时候,知青住谁家,每天晚上收工后的晚饭,就在谁家吃,最后统一给饭钱。盘腿坐在炕桌前吃饭的时候,他爱喝两口老酒,顺便给我也倒上一盅。没有什么下酒菜,他就着干辣椒下酒。一口辣椒一口酒,一盅八钱的酒,能吃好几根干辣椒,吃得嘴唇上沾满辣椒末和辣椒籽。

我问他:你这么吃,辣不辣呀?

他摇摇头说:不辣!

不辣?酒本身就辣,辣椒更辣,俩辣碰一块儿,还不辣?

真的不辣。

说罢,他递给我一根辣椒,让我尝尝。

我没敢吃这玩意儿,他接着劝我:你尝尝,辣椒就酒,越喝越有!

说得我忍不住笑,说他:人家都是说饺子就酒,越喝越有!

他不理我的话茬儿,只顾竭力劝我:辣椒和酒吃一堆儿,不一个味儿,你尝尝,香!

架不住他一个劲儿地劝,我只好咬了一小口红红的干辣椒,没敢嚼呢,他端起酒盅递在我的嘴边。我只好喝了一小口酒,就着辣椒咽了下去,立刻,辣得我的嗓子眼儿直喷火,不住地咳嗽。他哈哈大笑起来。

第二天,大便都是火辣辣的。

狍子肉

在武装营宣传队，冬天，下大雪的时候，营部的教导员邓灿，特别爱挎上把双筒猎枪，招呼我和通信员小赵跟他一起去打猎。

北大荒冬天猎物最多的，天上飞的数野鸡，地上跑的数狍子。这都是北大荒的野味，不是什么稀罕的玩意儿，更不是野生保护动物，至今依然是人们打猎的猎物，和打野兔子一样稀松平常。

野鸡翎毛长长的，五彩斑斓，很漂亮，我很希望老邓能打中一只，拔两根野鸡毛，插在瓶子里玩。可是，野鸡很机灵，你瞄准它就要扣下扳机，它已经警觉地察觉到了，扑棱一下飞跑了。相比之下，狍子好打，比野兔子还好打。一般情况下，它发现人了，哪怕是枪口对准它，它会愣愣地站在那里，一动不动，好像在等着你打它一样。所以，北大荒人管它叫做傻狍子。说人傻，也说是这人简直就是个傻狍子。

特别好玩的是，好几次，看见老邓端起猎枪瞄准它了，它站在雪地里，和你对视一会儿，忽然就扭过脑袋，把屁股对准你。狍子全身土褐色，只有屁股有一圈白，在雪地上格外醒目。北大荒有句谚语：狍子的屁股——白腚，腚取定的谐音，说的是定好的计划，说好的事情，没有实现、办到，白定了，泡汤了。

一枪就可以击中狍子，看它应声倒地的样子，很有些宁死不屈的壮烈，很是让我心惊。小赵朝狍子跑过去，我还愣愣地待在那里，看着小赵把狍子扛回来，看着老邓扛着猎枪，眯缝着眼睛，得意地笑。

狍子肉不好吃，主要是太瘦，没有一点儿油水，很柴，不香。那时候，只是把狍子肉放在清水里，搁点儿盐清煮，没有别的什么作料。这种方法，和知青偷老乡家的狗炖狗肉一样，但炖出的狗肉比狍子肉好吃多了。

第二天，营长和副教导员来了，大家一起吃，看老邓和营长副教导员一边喝酒一边吃肉，吃得却津津有味，很香、很好吃的样子，有些不大理解。我只是吃几口，就不再吃了。特别是想到狍子中枪前后的样子，更没什么胃口。

熊 肉

我在建三江师部宣传队待过大约一年的时间,有一次到新建的开荒点演出,正好赶上那里破天荒吃熊肉。在北大荒,倒是能够吃到北京吃不到的野味,一般是野鸡、狍子、野兔之类,能够吃到熊肉,机会罕见,属于千载难逢。

那时候,正在大张旗鼓地开垦荒原,"向荒原进军,向荒原要粮",是当时的口号。我们六师是新建师,地处黑龙江、松花江、乌苏里江环绕的三江平原腹地,建三江这个地名,就是那时起的,意思明确,要把三江这片荒原建设成北大仓。我们去的那个新建的开荒点,在靠近乌苏里江一片森林的边上,新搭起来一片帐篷,是向荒原进军的标志。

我们到达的前一天夜里,森林里的一只熊瞎子跑了出来,可能是被这样大规模开荒的拖拉机的轰鸣声惊动,也可能是看到这里灯火闪烁,很是好奇,大熊掌拍打着一顶帐篷的门,想要进去做客,可吓坏了知青,一边使劲儿用大木头顶着门,一边大喊救命。幸亏连长有枪,闻声跑了出来,人命关天,顾不上那许多,连发几枪,将熊瞎子击毙。帐篷里的知青有惊无险,其他帐篷里的人都跑了出来,围着倒地的熊瞎子,惊讶不已，和在动物园里看到的熊完全不一样。

那时候，没有野生动物的保护意识，只觉得人没被熊瞎子吃了，就是胜利！全连人禁不住高呼，使劲儿庆祝，竟然一夜无眠。第二天，大啖熊肉，饱尝胜利果实，成为开垦荒原的额外收获。

知青都是第一次吃熊肉，我也是，都很好奇，很兴奋，很有些人定胜天的自豪。我心里还在琢磨着，怎么编成了个节目，演演这出老林子遇熊记呢。真的是无知者无畏，无畏得天真可笑又可悲，大自然就是人的一面镜子，照得见人心。面对着一大锅熊瞎子肉，大家像过节一样，跃跃欲试。熊肉很肥，很腥，一点儿也不好吃。我反正是不爱吃，看好多女知青也是捏着鼻子，跑一边去了。爱尝鲜的，是一些男知青，举着酒瓶子，叫嚷着边喝边吃，一副壮志饥餐胡虏肉的劲头。知青岁月，很多就是这样荒唐的岁月。

我很早就听说熊肉属于山八珍之一，但主要指的是熊掌，大补之物。我问身边正吃熊肉的一个知青：熊掌炖了吗？他摇摇头，说：听说没炖。我又问：哪儿去了？他撇撇嘴，说：听说是给首长送去了，尝尝鲜儿。然后，我们俩人面面相觑，沉默无语。

后来，我写了一首小诗，记述此事：

猎熊吃熊肉,炉火映天光。
油重多腥味,肉肥添野香。
笑声惊夜月,热酒祭神枪。
熊掌何方去?先请首长尝。

烧 鸟

小林是我们队上的上海知青。他的一只眼睛有点儿毛病，有人给他起了个外号，叫他"小林单瞪"，像个日本人的名字。他脾气好，从来不生气，别人这么叫他，他还真的就答应。

冬天的北大荒很难熬，主要是吃得差，顿顿喝"塑料汤"，肚子里没有一点儿油水，馋一口肉要等到过年，队上才会杀猪。晚上，小林有时到底窑的林子里，从我们队的后面，穿过一片沼泽地，不远就到。冬天，沼泽地结冰，好走；要是夏天可不行，沼泽俗称大酱缸，人陷进去能要了命。

小林是到林子里逮鸟。逮回来鸟，放进宿舍火炕的灶眼里烧熟了吃，吃得挺香。不少人眼馋，跟着他一起到林子里逮鸟，当然，只是在林子边转悠，都怕林子里面碰见狼。逮鸟的时候，人们才发现小林逮鸟的本事挺大。不是所有人都有这样的本事，首先你得发现哪棵树上有鸟窝，然后你得一抓一个准，不能惊飞了鸟，前功尽弃。这两点，前一点完全凭感觉，后一点是与生俱来的先天能耐，尤其看出"小林单瞪"的优势了，摸近鸟窝前，手电筒打开的那一瞬间，他的一只眼睛聚焦极准，就像早瞄准好了一样，一手伸过去，就把睡眼惺忪迷迷瞪瞪的小鸟抓个正着。

大家跟着他，运气好的话，能逮十来只小鸟，每人分个两只，回来塞在炕的灶眼里烧熟，拔掉毛之后，蘸点儿从食堂里偷的盐，就着北大荒酒吃，算是打了牙祭。

我不愿意那么冷大半夜的耽误觉，跟着小林去林子里逮鸟。只是吃过小林好心给我一只烧好的鸟，不知是什么鸟。大概就是麻雀之类的小鸟。不过，确实很香，那么多日子没尝过肉味了，鸟肉的香味自然不可阻挡。忍不住想起语文课本里学过陈毅写的《赣南游击词》里的一首："叹缺粮，三月肉不尝。夏吃杨梅冬剥笋，猎取野猪遍山忙，捉蛇二更长。"背给大家听，大家说陈老总那时比咱们现在强，还有野猪和蛇肉吃呢！然后，大家吃凛不管酸地哈哈大笑。

大雁蛋

刚到北大荒的时候，我们二队的边上有很多荒地，我们干的活儿，就是把一些荒地开垦出来，来年种上大豆。当时，管这样的活儿叫"清理地号"。地号，是规划出来的地块，编号便于管理。

那些地号，是几百年来未曾开垦的处女地。说处女地，是从苏联当年开发西伯利亚学来的词，当年，肖洛霍夫曾经写过一部长篇小说《被开垦的处女地》。这当然是个好听的词，其实，就是一片荒草甸子，间或有一点儿荆棘灌木和野树窠子。这些树窠子就是枯死的树根，当地人管这种树叫做王八柳，大概是野柳树的一种。别看只是树根，非常粗，非常深，而且在地里面盘根错节，很难清理走，是我们清理地号的最大障碍。一般要我们人工先在树根周围用镐头刨铁锹铲出一个大坑，然后用粗绳子绑在树根上，拖拉机在前面拽，我们在后面推，才能把这一棵王八柳请走。

那天，就在挖一棵王八柳的时候，在王八柳旁边的荒草丛中，发现了一堆五六个大雁蛋。我来北大荒前，看过林予写的十万转业官兵开发北大荒的长篇小说《雁飞塞北》，其中写到大雁，都是落在荒原的草甸子睡觉的，下蛋自然也是在草甸子里。他们开荒时候见大雁蛋吃大雁蛋，是很平常的事。我是第一次见到真的大雁蛋，很好奇，很兴奋。没有鹅蛋大，灰色中带一点儿绿头儿，阳光下闪闪发光，静静地躺在那里，很惬意的样子，根本想不到会被我们几个知青蜂拥而上，统统拿走。

有人提议拿它们去孵小雁。这个建议，大家都同意。来到北大荒，看到过大雁，都是在天上飞，要是能养几只小雁，看着它们长大，该是多么有意思的事情。初到北大荒，我们想入非非，都是从小说里看到的情景。

把这几只大雁蛋拿到老乡家，放在人家的鸡窝里。我们想得简单，母鸡趴窝，能把鸡蛋孵出小鸡来，就一定也能把大雁蛋孵出小雁来，都是蛋嘛，有什么不同吗？

可是，一连好多天过去了，尽管我们眼巴巴地盼望着，母鸡也没有把大雁蛋孵出小雁来。倒是看到几只母鸡乱蹦乱踩，踩坏了一只大雁蛋，蛋黄流了一地，怪让人心疼。

有人说：算了吧，别回头把大雁蛋再都踩坏了，多可惜呀！

于是，我们把剩下的大雁蛋从鸡窝里拿出来，回到宿舍，放在脸盆里，倒上水，煮熟吃了。

一点儿也不好吃。和鸭蛋鹅蛋一样，有股很腥的味道。

不知道他们几位以后在荒草甸子里再碰见过大雁蛋没有，我是只见过这一次。如果我们没有把它们拿走，梦想孵小雁不成，把它们吃掉，它们会变成大雁，飞翔在北大荒的上空。一想起来，就很后悔。年轻时，自以为是，其实很多事情都不懂。那时候，流行一句话：海阔凭鱼跃，天高任鸟飞。读了小说《雁飞塞北》，就觉得自己真的是一只飞翔在北大荒的大雁了。其实，自己远不是，也远不如一条鱼、一只鸟，不过是一个尚未出壳成鸟就被泯灭于青春摇篮里的大雁蛋。

野葡萄

北大荒的荒原上和山林里,有不少野果子,比如嘟柿、山丁子、臭李子、野草莓、野山梨、赤菇娘……这些野果子,当地老乡见多不怪,没把它们当回事,偶尔会摘点儿,一般不是吃,而是酿酒。

野葡萄是其中一种,早听说过,却从未见过。据说,野葡萄个头儿很小,但颜色非常黑,黑得透亮,当地人称之为黑星星,也有叫它黑美人。这样的称呼,尽管极尽谐谑夸张,但在北大荒所有野果子中,与众不同,得天独厚,独此一家,起码让它在修辞里,从低贱的野果子中登堂入室,如星星一般缥缈,如美人一样高贵一把,颇有些灰姑娘摇身一变,瞬间变公主了一回。

在北大荒六年,我只见过它一次。是秋天开荒的时候,荒草开始由绿变黄了,荒原上,无边的荒草摇荡着,浑黄的波浪一样,从眼前一直滚滚涌向天边的地平线。那是北大荒壮观的景象。人站在荒原里,荒草淹没在你的胸前,浩瀚的天空笼罩着你的头顶,你会感到,人显得是那么地渺小无助。

那时候,我当了几天的统计,拿着三角大拐尺丈量地号,然后画上准确的方位和面积的平面图，这是为开发这片荒原做的前期准备工作。就在荒原上行进的时候，突然听见走在我前面的伙伴喊了一声：快看，黑星星！

起初，我没反应过来，没有想到黑星星就是野葡萄。他又冲我喊了声：黑星星！

我跑了过去，看见一片矮矮的灌木丛中，几枝不高的枝叶间，缀着两串葡萄珠，比北大荒的大豆粒还要小，比在北京见过的玫瑰香小得更多，却紫得更多，紫得发黑发亮，在阳光的照射下，一闪一闪，像活了似的小精灵。这便是野葡萄了。它们竟然藏在这里，如果不是被我们意外看见，它们再是如星星一闪一闪亮晶晶，再是如美人一样美滋滋地顾盼招摇，也只能在这里藏在深闺孤芳自赏而无人知晓，开花结果垂落，然后烂掉，或者被野鸟吃掉。和这一片茫茫无边无际的荒原对比，显得比我们还要渺小。

我们把这两串野葡萄摘了下来，我先吃了一颗，好家伙，酸得要命，能酸倒牙。我们把它们拿回宿舍，谁都嫌酸，都没有吃，就放在窗台上，眼瞅着它们被风吹到地上，被人们不经意地踩碎；残留在窗台上的，也逐渐萎缩，直至烂掉，好汉不提当年勇一般，再也没有了晶亮晶亮黑星星或美兮情兮黑美人的模样。我有些后悔，还不如不摘，就把它们留在荒原里，还能多存留几日的芳华，起码给我留下一点儿美好的回忆。

我曾经写过一首黑星星的小诗，其实是自况：

秋晚荒原里，晴云去忘归。
萧条花自落，寂寞雁孤飞。
惆怅鸣山雀，殷勤采野薇。
黑星星踩碎，泪溅暗伤悲。

冰猪头

在北大荒，过年时候，生产队杀一头猪，一半卖给各家的老乡，一半留给知青过年。由于平常的日子里很少杀猪，年前杀猪成为了我们队上的节日，大家会围上去，像看一场大戏一样看热闹。

杀猪是个技术活儿，由我们队一个外号叫做"大卵子"的副队长负责杀猪。他长得人高马大，此刻威风凛凛，胸前系着黑色胶皮的围裙，手持一把牛耳尖刀，要一刀下去，猪立刻毙命。那劲头儿，总让我想起《儒林外史》里的胡屠户；有时也会觉得，有点儿像《水浒》里卖刀的杨志。要看"大卵子"当时的表现而定，如果是英气逼人，就像杨志；如果是牛逼哄哄，就像胡屠户。不管"大卵子"什么样的表现，每一年杀猪都会赢得满堂彩。

这一年，春节前杀猪，闹出一桩事。

"大卵子"手起刀落之间，麻利儿地将一头猪杀完，又吹气剥皮，滴血剔骨，割下猪头，剁下猪脚，再掏干净下水，最后，将一开两扇的猪肉摊在案板上。这一系列的活儿，没有什么停顿，连贯如同行云流水，一气呵成。就在"大卵子"最得意的时候，割下来的那个还在滴着血的猪头，神不知鬼不觉地不见了。

一连几天，队上的几个头头，开始分头行动，寻找猪头。知青宿舍、老乡家里、豆秸垛中、场院席下、树窠子里面……角角落落，都找遍了，也没有找到。一个那么大的猪头，显山显水，能藏到哪里呢？它横不是藏在哪个知青的被窝里吧？队上头头发狠地这样说。

队上的头头没有找到猪头，却认准了一定是知青干的好事。这个判断，当然是没错的。不是知青，老乡谁也不会为一个猪头冒这个风险。一年，吃不着几回肉，知青们当然都盼着过年杀猪呢，偷猪头是早就想好的事情，等着事过境迁以后神不知鬼不觉地到老乡家，或者到我们猪号那口烀猪食的大柴锅里，烀一锅烂猪头肉，美美地就着烧酒下肚呢。

一个外号叫做"野马"的北京知青，像是盗御马的窦尔敦一样，成为这次偷猪头的主角。

偷完猪头之后，他早料到队上不会善罢甘休，肯定要追查，所以，未雨绸缪，他把这个猪头藏在一个所有人都想不到的地方，然后，装作没事人似的，任队上几个头头走马灯似的到处乱找，自己闲看云起云落。

队上的头头气炸了，开大会宣布，如果年三十之前，把猪头交出来，既往不咎，如果不交出来，一定追查到底，给偷猪头者严厉的处分。迫于压力，很多原来想共享猪头的知青，开始松动了，纷纷劝"野马"，算了，别为了一个猪头挨一个处分，塞在档案里，跟着你一辈子，不值当的。

最后，"野马"交出了猪头。他把"大卵子"带到我们猪号前的那口深井前。那口井有十几米深，井口结起厚厚的冰层，像座小火山，又陡又滑。"大卵子"杀猪行，爬井口这厚厚的冰层，很笨，跌了好几个跟头。猪头被"野马"藏在了井下。拽上来的猪头，冻得梆梆硬，结上了一层厚厚的冰霜，雪白雪白的，水晶一般，晶莹剔透，美过容似的，格外夺目。

冻酸梨

北大荒讲究猫冬。过年的那几天休息，更要猫冬。任凭外面大雪纷飞，零下三四十度，屋里却是温暖如春。一铺火炕烧得烫屁股，一炉松木桦子燃起冲天的火苗，先要把过年的气氛点燃得火热。

北大荒的大年夜里，饺子并不是绝对的主角，杀猪菜也不是，它们两个和酒联袂，才是过年亮相的刘关张。这时候的酒，必备两样，一是北大荒军川农场出的六十度烧酒，一是哈尔滨冰啤，一瓶瓶昂首挺立，各站一排，对峙着立在窗台上，在马灯下威风凛凛地闪着摇曳不定的幽光。那真算得上一半是火焰一半是海水，滚热的烧酒和透心凉的冰啤交叉作业，在肚子里左右开弓，翻江倒海，是以后日子里再没有过的体验。

痛饮之下，即使没有喝醉，嗓子眼儿也让酒烧得直冒火。这时候，解酒，或者解渴，浇灭嗓子眼儿冒火的最好的东西，不是老醋，不是热茶，是冻酸梨。

这玩意儿，北大荒独有。以前，老北京也曾经一度有过冻酸梨卖，但不是一个品种，远不如北大荒的冻酸梨个头儿硕大，汁水饱满，更主要的是酸度十足，一口咬下去，在平常的日子里，会让你回味无穷。在大年夜这样的醉酒时刻，就更是一下子钻进胃里，然后一箭穿心，将酒击溃，让你即便不是瞬间酒醒，起码让你打一个激灵，清醒几分，嗓子眼儿冒出的火熄灭大半。

关键是这时候，得有冻酸梨呀！冻酸梨，成为此刻的救兵，众人的渴望，是比饺子、杀猪菜和酒，都要重要的主角了。

就在这时候，秋子从厨房里端出一大盆凉水中的冻酸梨。怎么就这么恰当其时呢！急急风的锣鼓点儿一响，主角就应声出场，赢来了一个挑帘好！

秋子是我们队上的司务长，他是北京知青，我中学的同学。不是他料事如神，是秃顶上的虱子——明摆着，大年夜里，大伙的酒肯定得喝高了。年三十这天一清早，秋子便开着一辆铁牛到富锦县城，去为大家买冻酸梨，顺便为大家再采购点儿过年其他的吃食。富锦县城，离我们队一百来里地，铁牛是一辆轮式的三轮柴油车，突突突冒烟，跑得不快，这一来一去，得跑上小一天。所以，秋子一大早就出发了，谁知道起个大早还是赶了个晚集，跑遍了富锦县城大小所有的商店，柜台上都是空空如也，什么吃的东西都没有了，连平常卖不出去的水果罐头都没有了。好不容易，秋子看见一家商店的角落里堆着半麻袋黑皱皱的家伙，就近一摸，是冻酸梨，尽管不少都冻烂了，是别人不买的剩货，秋子还是包了圆儿，把这半麻袋冻酸梨都买了回来。一百来里地赶回我们二队，才解了大年夜大家的燃眉之急。

那种只有在北大荒才能见到的冻酸梨，硬邦邦，圆鼓鼓，黑乎乎的，说好听点儿，像手雷，像铅球；说难听点儿，跟煤块一样。放进凉水里拔出一身冰碴后，才能吃，吃得能酸倒牙根儿。但那玩意儿真的很解酒，和酒是冤家，是绝配。

冻酸梨吃得一个不剩，大家缓过了气，开始唱歌。开始，是一个人唱，接着是大家合唱，震天动地，回荡在大年夜的夜空中，一首接一首，全是老歌。唱到最后，有人哭了。谁都知道，想家了。此刻，爸爸妈妈孤零零的，在遥远的北京家里过年。

队上，有狗的吠声，歌声惊动了它们。

熬茄子

味道，对人是有记忆的，就像年轮对于树，一辈子挥之不去。大多数这样的味道，始自童年或青春时节，过了这两季，人的味觉、嗅觉，变得迟钝；忘性，也就比记性大了。

对于我，茄子，有种特殊的味道，始自北大荒。说来有些奇怪，去北大荒前，在北京，我吃过无数次用茄子做的菜，从来没有觉得茄子有什么特殊的味道。茄子做菜，费油，不过油的茄子，有股子土腥味儿。北大荒的茄子，却很好吃，和北京的茄子完全不一样的味道。

那时候，就是一口大柴锅炖的一锅茄子。没有什么油，把茄子带皮一起切成棋子大小的块儿，倒上一点儿豆油，用葱花炝炝锅（记忆中并不放蒜，连酱油也不放，只加盐），把这些茄子块儿一股脑倒下锅，再加上水，没过茄子，盖上锅盖，烀烂而已。

就是这样的简单，为什么就那么好吃，就那么让我难忘，让我一想起来就会觉得那股特殊的味儿扑鼻而来？

夏天，在地头干活儿，中午时分，肚子饿得咕咕叫，看着送饭的人，云彩一样，从天边远远飘过来，一点点走近，挑着两只桶，很多时候，桶里装的是熬茄子。那茄子连汤带水，一点儿油星儿都见不着，在桶里面晃悠，显得那么漫不经心，优哉游哉，很潇洒的样子。

但是，就是那么好吃！没有土腥味，只有一股子的清香，是茄子自身的清香，有时候，切菜的人连茄蒂都带进锅里，茄蒂嚼不动，但嚼在嘴里的味道一样地清新。汤是清的，一点儿不浑浊，不像北京烧的茄子带汤一起变黑。汤里的味道，全是茄子清爽的味道，还带有点儿青涩的感觉。非常奇怪，这种清爽青涩的感觉，常让我想起初春时节麦苗返青后的田野，氤氲弥散，朦朦胧胧。

那时的茄子是纯天然的，施的是纯粹的有机肥。北大荒的土地没有一点儿污染，真的是肥得流油，插根筷子能开花，茄子从开花到结果，吸收的全是泥土里不掺假的营养。炖茄子的时候，用的是井水，不是过滤的自来水，更不是污染过的河水。也由于那时油少，更没有那么多的作料可以添加，真正发挥出茄子本身的自然味道。茄子方才天然去雕饰，显示出自己的本色。不像现在我们在家中或在饭店里吃的茄子，已经是经过了各种加工之后粉墨登场，像是被各种化妆品精心打扮过后精致的女人，掩盖了本身自有的天生丽质。

春末夏初，茄子开花的时候，我到菜地看过，非常漂亮。在北大荒，茄子和扁豆黄瓜一样上架。扁豆和茄子都开紫花，扁豆花小，一簇簇的，密密的，挤在一起，抱团取暖似的，风一吹，满架乱晃，显得有些小家子气；茄子花大，六大瓣，张开时候，像吹起的小喇叭，像小号的扶桑花，昂扬得很。当时，没有觉得什么，现在想，花是蔬菜的青春期，能够泄露蔬菜后来长大的性情，便也是茄子味道不同寻常的一种原因吧。

在北大荒，茄子做菜，也有蒜茄子、大酱焖茄子、茄子馅的饺子，或将茄子晾成干，到冬天和开春青黄不接时做菜吃。但是，说实在的，都没有熬茄子好吃。得是在地头，得是挑着桶里的茄子，得是有从田野里吹过来的清风，挑桶送饭来的，得是漂亮的女知青。

水芹菜

来到北大荒第二年的夏初,我被借调到农场场部写文艺节目,吃住在那里,才知道场部和生产队的区别。区别之一,到场部的机关食堂买饭,有好几样炒菜选择,不再是生产队一口大锅里乱炖。

到那里,我买的第一个菜是肉炒芹菜。来北大荒快一年,第一次吃芹菜。那芹菜炒得实在是太好吃了,现在只要一想起来,芹菜的那种独特的香味,带有点儿草药的味儿,带有点儿脆生生的感觉,还格外清晰地记得。说是唇齿留香,一点儿都不夸张。

其实,这一盘肉炒芹菜,用不了多高深的厨艺,只不过芹菜中加了几片肥瘦相间的肉片和蒜片,而且,那芹菜切的刀工实在太粗糙,长短不一,是乱刀下的作品。不过,它是小炒,豆油很新,很香。芹菜新摘的,很嫩,很绿。猪也是新宰杀的,肉很香,很嫩。

现在想起,莫非新鲜就是这盘芹菜好吃的真正原因吗?还是因为你已经快一年没有吃过芹菜的缘故呢?或者说,因为是在场部机关食堂的小炒,有了和生产队明显的差别,所产生的心理上自以为是的错觉？芹菜就一定比在生产队里常吃的黄瓜西红柿茄子豆角要高一级？

很长一段时间，这盘肉炒芹菜，在我的脑海里挥之不去。它的样子，它的味道，时常会扑面而来，活色生香，清晰又真切，就像一位故人那么须眉毕现地站在你的面前，甚至扑进你的怀中。一直到六年之后，我离开北大荒，总会还时不时地想起这盘肉炒芹菜，仿佛它是梦魇，是魔影，是一种莫名其妙的象征物。

离开北大荒之后，我曾经三次重返北大荒。北大荒已经今非昔比，那么多品种繁多的蔬菜，那么多色香味俱全的菜肴，让我目不暇接。其中也有芹菜和用芹菜做成的菜肴。不过，那种肉炒芹菜，显得太家常，一般不会上得了餐桌，而是将芹菜的丝完全去掉，把芹菜剥得光光的，像个清水出芙蓉的美人，然后切成长短整齐划一的条状块，整整齐齐地码在精致的碟子里，在上面放上几个同样剥得光光的虾仁，再点缀上一颗红樱桃。真的很好看，和北京的冷盘中的芹菜一样地好看，而且高级，只是吃不出当年的芹菜味儿来了。

我曾经请教几位老北大荒人，究竟为什么？他们当中好多人都说我怀旧中美化了芹菜，是青春期的一种固执的留恋。

有一个人告诉我，当年我在农场场部吃的芹菜，是水芹菜。场部离七星河很近，河边的湿地适合种这种水芹菜，我们的生产队是平原上的旱地，种不了这种水芹菜。这样说也有点儿道理，菜如人一样，各有各的性情和性格，菜的味道，就是菜的性情和性格。人对物的选择，和人对人的选择是一样的，也是要选择那种自己喜欢的性情和性格的菜。

不过，我还是没有闹明白，为什么这盘肉炒芹菜如此让我难忘，而且如此神奇地一想起它，就能看到它的样子，闻到它的香味？一切都已经远去，彻底地远去，人生中、大自然里，充满秘密，冥冥中，尽管无法解释和理解，却无形中映照彼此，刻印下生命的相互痕迹。

无论怎么说，水芹菜，是我青春一帧迷离的倒影。

火柿子

在北大荒，当地人把西红柿叫做火柿子。我们把西红柿当成水果吃。想想一冬一春没有见过水果，突然见到这样鲜红鲜红的西红柿，当然会有一种和阔别多日的朋友重逢（尤其是女朋友）的感觉。蠢蠢欲动是难免的，往往会等不到西红柿完全熟透，我们就会在夜里溜进菜园，趁着月光，从架上拣个大的西红柿摘，跑回宿舍偷偷地吃（如果能蘸白糖吃，比任何水果都要美味了）。

那时候，我爱到食堂去帮伙，原因之一就是可以去菜园摘菜。北大荒的菜园很大，品种很多，最好看的还得数西红柿，好多菜是趴在地上的，比如南瓜、白菜、萝卜，长在架子上的菜，总有一种高人一等昂昂乎的劲头。但是，架上的扁豆还没有熟，北大荒的黄瓜五短身材难看死了，只有西红柿红扑扑的、圆乎乎的，样子就耐看。没有熟的，青青的，没吃嘴里先酸了；半熟不熟的，粉嘟嘟的，含羞带怯般像刚来的女知青似的羞涩；熟透的，红透了从里到外，坠得架子直弯直晃，像是村里那些小娘们儿般的妖冶……

离开北大荒好久了，还是总能想起那里的西红柿，尤其那种皮是红的，切开来里面的肉是粉的，我们管它叫做面瓤的西红柿，有种难得的味道，不仅仅是甜是酸，也不仅仅是清新是汁水丰厚，真的是其他水果没有的味道。吃着这种西红柿，躺在一望无边的麦地里，或是躺在场院高高的囤尖上吃，最美不过。我们会吃完一个扔一个，直至吃得肚子鼓鼓的，再也吃不下去为止。那西红柿被晒得热乎乎的，总有一种太阳热乎乎的味道，叫它火柿子，真的有道理。

回北京这么长时间了，总觉得北京的西红柿，即使如今有标榜为普罗旺斯西红柿或水果西红柿，都没有北大荒的西红柿好吃。特别是冬天在大棚里靠人造温度和催熟剂长大的西红柿，味道就更差了。在国外有一种转基因的西红柿，样子很好看，但无法吃。

唯一一次西红柿吃出点儿味道的，是五十年前，弟弟的一位从青海来的朋友，在我家住了一些天，临走前请我到王府井的萃华楼吃饭。是冬天，是在北大荒没有水果没有蔬菜的季节，这位朋友点菜时要了个西红柿鸡蛋汤。那是一碗只有几片西红柿的鸡蛋汤，但那汤做得确实好喝，西红柿有一种难得的清新。蛋花打得极好，奶黄色的云一样漂在汤中，薄薄的西红柿片，几乎透明，像是几抹淡淡的胭脂，显得那样高雅。

我真的再也没有喝过那样好喝的西红柿鸡蛋汤了。也许，是离开北大荒太久了。也许，仅仅是回忆中的味道。

葱油饼

在北大荒，吃过的葱油饼，最好吃的，在老董家。没有之一，独一无二。

老董是河南人，从部队复员，来到北大荒，在我们生产队开小型车。是一种长鼻子挂兜的柴油车，一般到农场场部或县城拉人拉货用，麦收秋收时，也到地里拉庄稼。老董的老婆和老董是老乡，非常好客，我们知青常去他家，他家成了我们知青的会客厅兼餐厅。别的队上来了同学，我们会领到他家。我们饿了，馋了，也会到他家打牙祭。无论谁来，只要到他家，一律是董嫂出面，忙着到外屋，弯腰在她家的大柴锅前，给大家烙葱油饼。

那时候，没有别的什么吃的，葱油饼就是美味。尤其是冬天，没有菜，没有肉，刚出锅的葱油饼，热腾腾，喷喷香，满屋缭绕，逗人的馋虫。北大荒有的是大豆，自己磨出的豆油，更是地道。董嫂舍得放油，烙出的葱油饼当然香，而且，表皮脆，结成一层金黄的嘎巴儿，里面一层层分明，油晃晃的，葱花闪烁其中，如一粒粒翠绿的珍珠。不用就菜，也能吃得肚圆。我们生产队，不知有多少知青，吃过董嫂烙的葱油饼。

知青恋爱，更是没少去老董家。北大荒没有公园，特别是到了冬天，冰天雪地，上哪里约会？不约而同，就去老董家。夏秋两季，老董夫妇带着孩子外出，把房子腾给大家，让热恋的人坐在炕头上，甜哥哥蜜姐姐说着陈词滥调的情话。冬天，即使大雪纷飞的日子，老董和董嫂带着孩子也会走出家门，到别人家串门。在他们眼里，知青年龄不小了，到了谈婚论嫁的年龄，谈恋爱的事，唯此为大。我们生产队，不知有多少知青，一对对的，在老董家私定终身，花好月圆。

关键是，人家两口子出门之前，董嫂忙里偷闲，一定要麻利儿地和好面，点好火，烙好一大张葱油饼，让一对谈恋爱的小情人就热边吃边谈。

现在想想，很像如今谈恋爱的情侣到咖啡馆，就着咖啡蛋糕，烛光月光，风花雪月。在老董家，烛光没有，月光是有的，比城里要明媚清澈；咖啡没有，大叶茶是有的；而且，还独有董嫂烙的葱油饼，滋味无比，胜过蛋糕。

香 瓜

2004年，我回北大荒，过七星河，到大兴岛，直奔老孙家。老孙是我们队上的铁匠，老共产党党员。当年，工作组整我，要把我打成反革命揪斗的时候，是老孙找到工作组，对他们说："肖复兴就是一个从北京来的小知青，如果谁敢把肖复兴揪出来批斗，我就立刻上台去陪斗！"

老孙是我的救命恩人。可是，这一次去他家得知，一年前，老孙走了。

望着老孙曾经生活过的这间小屋，我的心里不是滋味。这么多年过去了，小屋没有什么变化，所有简单的家具，似乎都还保留着老孙在时的老样子，仿佛老孙还在家里似的。那些简陋的东西，因有了感情的寄托，富有了生命。那些东西还立在那里，不像是物品，而像是有形的灵魂和思念。

那一瞬间，我有些恍惚，在走神。人生沧桑中，世态炎凉里，让你难以忘怀的，往往是一些很小很小的小事，是一些看似和你不过萍水相逢的人物，甚至只是一句却能够足以打动你一生的话语。于是，你记住了他，他也记住了你，人生也才有了意义。

当我回过神来，发现老孙的老伴老邢不在屋了，我忙起身出去找，看见她在外面的灶台上洗香瓜。清清的水中，浮动着满满一大盆的香瓜，白白的，玉似的晶莹剔透。这是北大荒的香瓜，刚从屋后的菜园里摘下的，还没吃，就能够闻到香味了。在北大荒，夏秋两季，没少到瓜地摘香瓜、坐在地头啃香瓜。回到北京后，也吃过香瓜，没有一个能比得上北大荒的香瓜好吃。北大荒的香瓜，脆得用手轻轻一砸，就裂开了，里面是黄瓤白籽，又香又甜。

那天下午，老邢帮我一起把香瓜搬上车的时候，陪我来的队长对老邢说：到场部也有好多香瓜，怪沉的，就不用带了。老邢坚持一定要把这些香瓜塞上车，让他们一定带回来到场部。她说：你们的是你们的，那是我的。然后，她对我说：老孙要是在，还能给你带点儿椴树蜜，老孙不在了，家里就再也不做椴树蜜了，就用这香瓜代替老孙的一点儿心意吧。一句话，说得我泪如雨下。我已经好久未曾落泪了，不知怎么搞的，那一天，我竟然无可抑制。

住场部招待所，一连住了几天，满屋子都是香瓜的清香。

前两年的夏天，在菜市场上，看到了一个水果摊，摆满了白白的香瓜，香气四溢。卖瓜的是个中年汉子，在不停地吆喝：北大荒的香瓜啊！北大荒的香瓜……我问他是北大荒哪儿来的香瓜，他告诉我富锦。又对我说，他就是富锦人。我们大兴岛隶属于富锦县。一下子，那香瓜那么熟悉，那么亲切，让我忍不住想起当年老邢从她家菜园里给我摘下的香瓜。遥远的地方，遥远的事，遥远的人，扑在眼前。

烤南瓜

猪号，远在我们二队偏僻的一隅。猪号的外面，便是一片尚未开发的荒原。到了夜晚，除了风的呼啸和猪的哼哼叫声，没有一点儿声响，有一种远离万丈红尘的感觉。

猪号里，只住我和小尹两人。晚上，我不是躲进被窝里，埋在书本中，就是伏在炕沿上写东西，打发寂寞的时间。我睡得晚，小尹睡得早，我们俩相安无事。"猪号里，一盏马灯如豆，万里荒原似海，心像是漂泊无根的小船，不知哪里可以拢岸。"这是那时我写下的拙劣的诗句。

我们住的小屋，和烀猪食的大屋连在一起，中间只隔着一道木门。烀猪食的大锅硕大无比，猪食从早到晚在锅里煮着，灶火一直不灭。小尹一觉起来，看马灯还亮着，披衣下炕，跑出小屋，到外面撒尿，回来的时候总会带来一块热乎乎的烤南瓜，塞在我手里，让我趁热吃。他是早在猪号烀猪食的大柴灶里塞进了南瓜，那种只有北大荒才有的又面又甜的南瓜，烤得喷香，面面的，甜丝丝的，味道很像北京的沙瓤白薯。

小尹是从山东跑到北大荒的，那时管这样的人叫做盲流。从最开始开发大兴岛住地窨子的时候，他就在我们二队干活儿了，便也从盲流转正，成为了农场正式的农工。他的年龄比我大许多，那时得有三十多了。叫他小尹，是因为他长得个矮。小尹命苦，儿子才一岁多一点儿，他老婆带着儿子突然不辞而别，甩下他像一条孤零零的老狗。在农村，老爷们儿甩女人可以看做是长脸的事，被女人甩掉是被人看不起的，脸一下子掉到地上了。一气之下，他只身闯关东来到北大荒。开始在场院里干活，有好事的泼辣女人们常拿他寻开心，甚至当众解开他的裤带，说是看看他里面那玩意儿是不是有毛病，那女人才甩了他。他不吭声，死死地抓住裤子。拽不下来他的裤子，她们就往他的裤裆里灌满鼓囊囊的豆子。

小尹是个扎嘴的葫芦，能够对我讲述他的伤心往事，很不容易。我们的关系一下子亲近了许多。每天晚上，他总是早早睡下，我总是点着马灯写字看书，一觉醒来，他还是起来跑到外面撒泡尿回来，给我从灶火里拨出一块南瓜。有时候，他跑回来躺在炕上睡不着，就抽一袋关东烟，问我一句：呛不呛你？我说句：你抽你的，不碍事！我们两不相扰，我看我的书，写我的东西，他想他的心事，抽他的烟。

我常常想起在猪号的那些日子。特别是冬天寂静的夜晚，朔风呼啸，大雪弥漫，万籁俱寂，静得你只能够感受到夜的深处和荒原深处隐隐的律动，像呼吸一样轻微而均匀，烟一样笼罩在你的心头。在以后的日子里，我再也没有在猪号里度过那样安静的日子。我才发现，喧嚣其实是容易的，安静却是很难的。

我也常常想起烤南瓜和关东烟的味道。

1982年夏天,我重返北大荒,回到队里,找不到猪号了,那里只剩下一片茂密的野草。我很想念分别八年的小尹,打听他的下落,知道他到场部打更去了。

天还没擦黑,小尹就跑到招待所找到我。那一晚,因为第二天我就要离开大兴岛,陆陆续续来叙旧告别的人很多,他一直默默地坐在旁边。等别人走尽,只剩下我们两人,他也站起来,说:"快歇着吧,你也怪累的了。"我说我不累,使劲儿拉他,他还是转身走出屋。

我跟着他走出屋,那一晚,星星特别多,低垂着,仿佛一伸手就能摸得到。站在明亮的星空下,很想和他多待一会儿,问问他的日子过得怎么样。他却一再催促我回屋,不断说着同样的话:"快歇着吧……"然后,转身离开,瘦小的身影消失在灿烂星光下。回到屋里,我才发现床头柜上放着一个大海碗,一看,是几块烤南瓜,尽管已经凉了,在灯光下,油光发亮,闪动着黄中泛红的光斑,散发着丝丝的甜味儿。还是记忆中的颜色和味道。

烀苞米

北大荒，老乡管玉米叫苞米。夏秋两季去老乡家串门，上炕盘腿落座之后，不管你吃没吃过饭，老乡总要端上来一盆烀得热乎乎的苞米，让你吃。烀苞米，是那时候我们的零食。这些苞米，有的嫩，有的老，嫩的，一掐一流水；老的，烀得也很烂乎，玉米粒鼓胀着开了花，都非常好吃。

如今，北京也有卖嫩玉米的，北大荒也生产真空包装的玉米，分甜玉米和黏玉米两种。都买过，都没有以前在老乡家吃的更有味道。也是，那是老乡家屋后菜园里种的玉米，出门现摘下来，走两步就进了屋，下大柴锅烀的，留下最里面那两层嫩苞米叶和长长的穗须，泥土气息和柴火味道，渗透进玉米里，城里没法比，真空没法比。

一辈子吃得最多最好吃的玉米，在北大荒的老乡家。

那一年夏天，约上几位当年在一个生产队插队的同学，一起回北大荒看看。离开北大荒的那天上午，很多老乡来送别，执手相看泪眼，直让我涌起一种这样的感觉：相逢不如长相忆，一度相逢一度愁。

没有不散的宴席，我们都上车了，车门要关的那一瞬间，赵温跳上车来。他是我们队的木匠，七十岁的人，腿脚还像是年轻人一样灵便。他不容分说地对司机道：拐一个弯，先到粮油加工厂的宿舍。

司机有些不情愿：那边是小道，不好走啊。

赵温说：好走，就在大道边上。

司机又说：那边是集贸市场，堵车。

赵温说：不堵，拐一点儿就能直接上去富锦的公路上了。

赵温说得很坚定，司机不再说什么了，这是一个北大荒老人的一点要求。

我们都知道，赵温特意从他家的地里为我们摘了玉米，天没有亮就爬起床，烧开锅，开始焊玉米。他希望我们带走它们，这是他能够向我们表达的最后一点心意了。

车子到了粮油加工厂的宿舍前面停了下来。我和一位同学下了车，跟着赵温大步流星走进他家，两大包（就像我们当年装一百多斤麦子或豆子的入囤那样大的麻袋）玉米，半个人似的蹲在那里。赵温拎起一包就往外走，我和同学抬起另一包，紧跟在后面。因为来不及说话，赵温的老婆紧紧地跟着我们，一直跟到汽车旁，和大家一个个地打着招呼，眼泪汪汪。

玉米被拎上了车，还没来得及说话和招手，车子就无情地飞奔而去。似乎，司机有些赌气。

我把头探出车窗外望着，赵温两口子的影子越来越小，飞扬起的尘土淹没了他们。

那两大包烀苞米吃了一路，一直吃到北京。

我再也没有见过赵温，两年前，他去世了。

即使回到北大荒，再也无法吃到他烀的苞米了。

鲫鱼汤

大学毕业那年暑假，我回北大荒一趟。那时，知青返乡热还没兴起，我是我们生产队乃至全农场第一个回去的知青。队上的乡亲们都还健在，心气很高，特意杀了一头猪，在两户老乡家屋里屋外摆出了阵势，热闹得像过年。

几乎全队的人都聚集在那里，等着和我一醉方休。挨个乡亲，我仔细看了一周遭，发现只有车老板大老张没有来。我问大老张哪儿去了，几乎所有人都笑了起来，七嘴八舌地叫道：喝晕过去了呗！得等着中午见了！

大老张是我们队上有名的酒鬼。一天三顿酒，一清早起来，第一件事是摸酒瓶子，赶车出工的时候，腰间别着酒葫芦，什么时候想喝，就得抿上一口。有时候，去富锦县城拉东西，回来天落黑了，他又喝多了，迷了路，幸亏老马识途，要不非陷进草甸子里回不了家。

不过，大老张干活不惜力，他长得人高马大，一膀子力气，麦收豆收，满满一车的麦子和豆子，他都是一个人装车卸车，不需要帮手。需要帮手的时候，他爱叫上我。因为他爱叫我给他讲故事，他最爱听水浒。我们俩常常为争谁坐水浒里的第一把交椅而掰扯不清，我说是豹子头林冲，他非要说是阮小二，因为阮小二是打鱼的，他家祖上也是打鱼的。那都是哪辈子的事了？自从他爷爷闯关东之后，他就会赶马车。

那时候，知道我和大老张关系不错，大老张的老婆老找我，让我劝大老张少喝点儿。每一次劝，大老张都会说：停水停电不停酒！然后，接着雷打不动地喝。

那天午饭快要结束的时候，院子里传来粗葫芦大嗓门，叫着我的名字，一听，就是大老张，这家伙，真的是等到中午才来？早晨的酒劲儿过去了，又接着中午这一顿续上了？我赶紧起身叫道：我在这儿！他已经走进了屋，大手一扬，冲我叫道：看我给你弄什么来了！我定睛一看，他手里拎着两条小鱼。那鱼很小，顶多有两寸来长。他接着对我说：一清早我就到七星河给你钓鱼去了，今天真是邪性，钓了一上午，就钓上这么两条小鲫瓜子！说着，他把鱼递给身边的一个妇女，嘱咐她：去给肖复兴炖汤喝，我就知道你们吃的什么都有，就是没有鱼！

有人调侃大老张：我们还以为你喝晕过去了呢！大老张很一本正经地说：今儿我可是一滴酒还都没有喝呢，我说什么也得给咱们肖复兴钓鱼去，弄碗鱼汤喝呀！酒喝多了，鱼怎么钓？这话说得我心头一热。自从认识大老张以来，这是他第一次一上午滴酒未沾。

鲫鱼汤炖好了，端上来，只有小小的一碗。炖鱼的那个妇女说：鱼实在是太小了！大家都让我喝，说这可是大老张的一片心意！这时候，大老张已经喝多了，顾不上鲫鱼汤，只管呼呼大睡。满是胡子楂的大嘴一张一合吐着气，像鱼嘴张开吐着泡泡，浑身是七星河畔水草的气味。

什么时候，有过一个人，整整一个上午，让你喝上一碗鱼汤，而为你专门去钓鱼？我的心里说不出的感动。单木不成林，一个地方，之所以让你怀念，让你千里万里想再回去看看，不仅仅是那个地方让你难忘，更是有人让你难忘。

我永远难忘那碗小小的鲫鱼汤，汤熬成了奶白色，放了一个红辣椒，几片香菜，色彩那样地好看，味道那样地鲜美。算一算，四十一年过去了，七星河还在，钓鱼的人不在了。那个唯一一个上午忍着酒虫子钻心而专心坐在那里，专门为你钓鱼的人不在了。

挠力河鱼

在我们农场,虽然有七星河和挠力河两条河包围,但很少能吃到鱼。在我的印象里,我几乎没有吃过一次鱼。

我们农场加工队有一个叫盛贵林的北京知青,他师傅新生的婴儿缺奶,听说喝鱼汤可以催奶,便回到他原来所在的七队,找七队的人弄几条鱼,给师傅的老婆熬鱼汤下奶。

七队紧靠挠力河,平常的日子里,弄几条鱼没有问题。正是数九寒天,挠力河的冰都结了一两尺厚了。但是,盛贵林心疼师傅和师傅刚呱呱坠地的孩子,连夜赶到七队,执着地非要给师傅弄两条鱼吃不可。

他的诚心感动了七队的老乡杨德云。他把盛贵林拉到自己的家里先睡下,自己跑到挠力河,给他凿冰捉鱼。冬天凿冰捉鱼,都在白天,谁会大半夜里去呀?白天一般都是用炸药把冰层炸开,捉鱼相对容易些。这大半夜的,老杨只得用冰穿子一点点把冰层凿穿,零下四十多度的天气呀,穿多厚的衣服,也会被风打透。

老杨好不容易从冰封的挠力河里把鱼弄到手,没有想到,回来的路上,冤家路窄,遇到了狼群。

夜半的荒野里，他和狼群对峙着。他知道，这样的对峙是短暂的，他必须先要出手和狼群过招。他想起袋里刚刚捉到的鱼，这是他唯一的子弹，他先掏出一条鱼，像投手榴弹一样，向狼群扔了出去，狼不知道遇到了什么样的武器，吓得后退，一看落在雪地上的鱼没动，一只狼跑了过来，闻了闻，又退了回去。

他又扔出第二条鱼，狼还是没动。他把袋子里的鱼都扔光了，狼开始向他进攻。一条小狼冲在最前面，一口咬住他的脚，拖着他就跑，其他的狼跟在后面追，一直把他拖到一片灌木丛里，就听见身后一阵撕心裂肺的惨叫，在寂静的荒野里是那样地瘆人。他和拖他跑的小狼，以及那一群狼都禁不住回头张望，原来是一头狼被夹子给夹住了。这种钢丝盘做成的夹子，是七队人专门用来套狍子的，没想到这关键时刻套住了狼，帮助了他。真是天无绝人之路呀！

这种夹子的劲头儿特别大，狍子比狼个头儿要大，夹上了就没得跑。小狼和其他狼都往回跑，跑到夹子前。老杨也跑到夹子前，看见那狼的腿已经被夹断，他掏出别在腰间杀鱼用的刀子，怒吼一声，一下刺死了那匹狼。那一声在荒野的夜空激荡的回响，血花飞溅在四周的雪地上，那一刻，老杨被自己的喊声和动作所惊骇，站立在那里，如同一个顶天立地的巨人。其他狼立刻吓得如鸟兽散。

非常吊诡的是，居然有几匹狼又跑了回来，嘴里叼着鱼，在老杨的身前丢掉，就像落败之师投降时的缴械。

　　不知道盛贵林师傅的老婆吃了这样得来的鱼，是一种什么样的滋味；我却知道，北大荒一个叫杨德云的当地老乡，让他和挠力河的鱼成为了传奇。

辑四：栀子花煎

鲜花入馔，
其中烹饪的顺序与材料的搭配，也是有学问的，
花和人一样，一花一世界，不尽相同，不可乱点鸳鸯谱。

栀子花煎

南宋林洪的《山家清供》，是一本有趣的书，既可作为一本难得的菜谱学，也可作为一本不错的小品读。能将做菜写得有趣味有文采，大概只有古代袁枚、当代梁实秋汪曾祺可以与之媲美。

《山家清供》里写鲜花入馔的菜品不少，其中一道栀子花煎，格外引人瞩目。因为这是我国历史上第一次出现栀子花入馔的文字，可以说是栀子花吃食之始祖。

林洪称栀子花为"檐卜"花，这是来自西域的称谓，在《酉阳杂俎》里，有其记载。林洪这道"檐卜煎"的做法，并不复杂："采大瓣者，以汤焯过，少干，用甘草水稀稀面拖，油煎之。"五道步骤，说得很清晰：一要大瓣的栀子花（栀子花花瓣本来就大，还要再大者）；二焯水；三稍稍晾干；四用甘草水和成面糊裹之；五油煎。

我不大清楚，为什么和面糊非要用甘草水？请教我的中学同学王仁兴，他是我国的食品史专家。他告我：甘草含有黄色素和糖分，挂糊后油炸，色泽鲜黄，而且味道发甜。

我还有一个问题，按照这道菜的做法，换别的花不可以吗?王兄告我,栀子花味苦清寒,有一定药用,可治咳嗽伤风。

一道檐卜煎,看似简单,讲究不少。难怪在介绍完这道菜的做法之后,林洪加了一笔抒情写道:"杜诗云:于身色有用,与道气相合。今既制之,清和之风备矣。"并又加一笔感叹这道檐卜煎:"清芬极可爱。"

如此"清芬极可爱",很想尝试一下,也做一道栀子花煎。不过,时值盛夏,栀子花已经过季。正逢木槿花开,我查了一下书,和栀子花一样,木槿花也有清热止咳的功能,便取大瓣木槿花,仿照林洪的栀子花煎的做法,做一道木槿花煎,却很不成功。尽管也加了甘草水,但油炸出来的木槿花,并不金黄,颜色暗淡杂乱。细想一下,大概栀子花白色,而木槿花则粉中发紫,过于鲜艳,甘草的黄色素无法遮盖。看来鲜花入馔,其中烹饪的顺序与材料的搭配,也是有学问的,花和人一样,一花一世界,不尽相同,不可乱点鸳鸯谱。

王兄告我:你可以做一道木槿花炒鸡蛋试试。

红薯排叉

大约二十年前，为写《蓝调城南》，我常往前门一带跑，像个胡同串子，寻访那些破旧却有历史的老宅老院和老人。常常会碰见一群年轻人，和我一样关心着北京城这一片所剩不多的老街区。他们骑着自行车，背着照相机，拼命地拍照，想留下这些珍贵的遗存。那时候，前门楼子以东这一大片街巷正面临拆迁，他们和我一起，在和轰隆隆的推土机抢时间。在胡同里常碰面，彼此熟络起来，引以为旧城保护的知音。

有一天黄昏，他们碰见我，说晚上他们有一个聚会，想邀请我参加。我非常高兴，这是这一群年轻人对我的信任。聚会的地点，在草厂二条，这里我太熟悉了。草厂一共十条胡同，是北京城现存少有的南北走向的斜街，从头条到十条，我们都不止一次地走过。我跟着他们一起来到了一座小四合院门前，没有想到，站在门前迎接我们的，竟然是我的老同学。他比我低一年级，我读高二时当了一年学校的学生会主席，他是副主席。浮云一别后，流水几十年，没有想到在这里重逢。

这里是他的家，一座独立成章的小四合院，当年，他父亲在前门开一家小布店，积攒下钱，买的这座小四合院。别看小、正房、厢房和倒座房齐全，房子和院子，被他重新整修，厨房和卫生间也都很齐备。晚上这一餐饭，是他亲自下厨忙了一下午，事先备好的。没有想到，他的厨艺这样地好。其中的菜肴中，有一大盘排叉，吃得滋味别具，不那么脆，也不那么硬，绵软中夹杂丝丝拉拉的感觉，中间有丝状的东西，有些像树叶间叶脉的牵连，不只是那种面粉的平滑感觉，有了筋道的嚼头。而排叉的甜味很淡，很轻，若有若无，又若隐若显，很有点儿意思。

这一盘排叉，非常受欢迎。我问他是怎么做的，他告诉我：是用煮熟的红薯和面，然后下锅炸。和面，没有搁一点儿水，全靠红薯的水分，炸出的排叉才会好吃，有一丝丝的甜，又不是糖的甜，红薯的纤维和面混在一起，和单一的面粉加水的成分就不一样。

最后，他又说：红薯，得要那种红瓤的、稀瓤的，不能干瓤。

我不住称赞，说他可真会琢磨！

酒足饭饱，临分手时，他送我一瓶炸酱，说他的炸酱和别人的做法也不一样，让我尝尝。

仗着老同学的身份，我得寸进尺，对他说：我还是对你的红薯排叉更感兴趣！

他笑了：给您备着呢。说着，让他爱人拿出一包包好的红薯排叉。

真的，吃过那么多排叉，都没有他的红薯排叉好吃。我曾经照方抓药，按照他说的法子，也做过两次红薯排叉，都没有他做得好吃，很打击我的积极性和自信心，便不再染指。

西瓜皮

西瓜皮，也能做菜，是一次在朋友家吃饭吃到的。一盘清炒西瓜皮端上桌，样子青翠，味道清脆，有点儿像炒黄瓜或瓠子，又不像，比黄瓜有嚼头，没有瓠子那么绵软，还多了它们都没有的一点儿淡淡的青涩味道。

这是我第一次吃到这样的菜，颇感新奇。起初，没有吃出是用什么瓜炒出来的，一问才知道，西瓜皮居然也能做成这样一道上得台面的菜，便很好奇地请教她是怎么做的。

她告诉我，做法很简单，先要将西瓜皮最外面的一层青皮去掉，把里面带有的瓜瓤去掉；然后，把西瓜皮用盐杀一下，杀掉其中的一部分水分，不能全去掉；最后，下锅放葱姜蒜和红辣椒清炒，注意，不要炒煳，免得它们破坏菜的美观。放一些盐和糖，起锅时多喷一点儿白醋，注意，不能放米醋，更不能放山西陈醋，这样的醋颜色深，会破坏了这道菜的青翠感觉。也不能炒得时间过长，那样容易出汤，会没有了清脆的感觉。

当然，西瓜皮是这道菜的主角，最重要，要选那种新鲜的瓜，新摘的，最好；皮厚的，最好，最能保存西瓜清脆清新的本味。

人脸皮厚,得便宜;西瓜皮厚,好做菜!我开玩笑说,说得大家都笑。

别看清炒西瓜皮做法简单,其中也有细致入微的道道儿呢。这是我没有想到的,因为我从来没有想过西瓜皮也能够做菜。席间,吃着这道菜,忍不住说起包蕾写过的童话《猪八戒吃西瓜》,那个嘴馋的猪八戒,把最后留给猴哥的那块西瓜吃掉,把西瓜皮扔掉,没有想到自己踩在西瓜皮上,狠狠地跌了一跤。我说:猪八戒要是知道西瓜皮能炒出这样好吃的菜,估计就不会扔掉那块西瓜皮,拿着它回家也炒这道菜了!说得大家更是哈哈大笑。

水果入馔,在我国是一绝。菠萝咕老肉、木瓜炖雪蛤、芒果炒牛肉……都是例子。但用瓜皮做菜的,少见。我仅知道的,广东菜中,将柚子皮腌制入馔,和西瓜皮做菜,有些异曲同工。不过,它要有肉的加持,彼此借味,不像西瓜皮,孤舟蓑笠,独钓江雪,风光自现,要的就是瓜皮这种独有的清香味儿。我国烹饪真的是博大精深,对食材的挖掘,不断出新,是其中内容之一。清炒西瓜皮,有望登堂入室,成为堂皇的菜谱新宠。

丝 瓜

那天，到菜市场买了几条丝瓜，因为已经买了好多的菜，手里拿着满满的好几个兜子，给小贩交完钱，提着菜兜转身就走了。等到晚上做饭时找丝瓜，才想起了放在菜摊上，忘记拿了。

第二天到菜市场去买菜时，到那个菜摊前问问，菜贩兴许好心地帮我收起了丝瓜，守株待兔等着我回去取。菜贩摇摇头，一脸无辜的茫然。

也是退休后无所事事，那一刻，脑子里忽然冒出这样一个念头，就在这个每天都喧嚣热闹的菜市场，做个小小的试验。便找了三家菜摊，各买了三条丝瓜，交完钱，都放在了菜摊那一堆有青有绿有红的蔬菜堆儿里，转身就走了。我想明天再去菜市场，看看这三家菜摊，会有哪家能够看到了我忘在菜摊上的丝瓜，替我保存，等着我回去取。小小的丝瓜，会是一张 pH 试纸，能够试探出人心薄厚和人情暖凉呢。

第二天，去了这三家菜摊，两家没有了丝瓜，只有茫然；一家的菜贩没等我问话，就从菜摊下面提出了装着那三条丝瓜的塑料兜，笑吟吟地递给我。

应该说，试验的结果还算不坏，二比一，毕竟没有让人完全失望。有意思的是，这家替我保存丝瓜的菜贩，是我认识的，我常常到他那里买菜，有时候，差个几分钱几角钱，他会抹去零头；甚至忘记了带钱或者钱不够了，他会让我赊着，明天来买菜时再补给他。

我在想，如果不是我们已经很熟识了，他会为我保存下这三条丝瓜吗？

我又想，以前老北京，几乎每条胡同都会有一家菜摊或菜店，因为都是街里街坊的，无论卖菜的，还是买菜的，每天抬头不见低头见，彼此都熟悉得不能再熟悉了，别说是买了菜忘在菜摊或菜店里了，就是你把别的东西甚至钱包忘在那里了，一般回去都会找得到，菜摊或菜店里的人都会替你保管好。这原因其实也很简单，因为在一条街上，大家都认识，彼此的信任和信誉，以及常年积累起来的感情，比贪一点儿小便宜重要得多。所以，那时候，尽管物资匮乏，大家都不富裕，但很少会出现缺斤短两或假冒伪劣之类的欺诈。对比农耕时代的商业模式，如今琳琅满目的菜市场，发展了好多，也流失了好多东西。其中流失最多的，就是买卖之间的那种邻里之间的人情味。

我将自己这样的想法，对那位替我保存丝瓜的菜贩说了，他笑笑对我说：人情味，也不是说现在就没了，你们买菜的看得起我们，我们卖菜的自然就会高看你们一眼。这东西，就跟脚上的泡一样,走的日子多了,自然就长出来了。你说,那几条丝瓜能值几个钱?

他说得有道理,丝瓜不过只是人情味的一种外化,是彼此心情的一次外遇。

分手菜

一位年轻的朋友忽然打电话,说要请我吃饭。我说有什么事情吗,怎么想起请我吃饭来了?他说还真有点儿事情,想跟您念叨念叨。

晚上,我如约去了他订好的饭店,是家川菜馆,他已经在桌旁等我了。落座之后,我问他有什么事,到家里来说不行,非要到这里吃饭时说?

他笑笑,没说话,只给我倒了杯普洱茶。

两碟小菜上来了。我又问他有什么事情,说吧!

他依然笑笑,没说话。

我也笑了,问他:出了什么事呀,这么神秘?还是说不出口?

他这才说道:没什么神秘的,也不是说不出口。待会儿,等菜一上来了,不用我说,您自然就会明白了。

我笑他:菜会说话?又自作聪明补充一句,石不可言,花能解语?

他只是咧着嘴笑,不过,是一丝苦笑,嘴唇咧得像苦瓜。

服务员端着盘子,袅袅婷婷来回走了四趟,菜上齐了。

四道菜：酸菜鱼、甜烧白、清炒苦瓜、辣子鸡。

望着这四道菜，我没有动筷子，想着刚才他说的话。

他望着这四道菜，也没有动筷子，然后，又望望我，等着我猜他的谜语。

我一时猜不出他今天跟我打的什么哑谜。

他指着这四盘菜，问我：看出来了吗？

我摇摇头说：不明白！

他说：您看看这都是什么菜？

什么菜，我是看得出来的，他的心思，像裹上一层厚茧，我猜不出来。

他进一步启发我：您看看这四道菜都是什么味儿？

这我看得明白，苦辣酸甜呗！

就是嘛，苦辣酸甜！这您还不明白？

我接着摇头说：还真不明白，人这一辈子的日子，过得可不都是苦辣酸甜！

他看我是榆木疙瘩脑袋不开窍，叹口气说：这是您这么大岁数的感慨，我们年轻人的苦辣酸甜……

他这一句"年轻人"提醒了我，我打断他的话，立刻说道：我明白了，你的酸甜苦辣，肯定是说自己的恋爱了！我知道，他正在恋爱，热火朝天，谈了小三年，那女的他带我家来过，挺不错的女孩。莫非他今天是找我来谈谈这三年来马拉松恋爱中的酸甜苦辣？

他说道：这回您说对了。是恋爱，但这恋爱……

他这一转折，让我一惊，忙问：怎么啦？

他叹了口气，苦笑一声，对我说起前几天发生的事情。也是在这家饭店，他的女友请他吃饭，点的也是这四道菜。吃完这顿饭，没吃完这四道菜，他们三年马拉松的恋爱宣告结束。是女友提出来的，至于什么原因，她没有说，只是说这四道菜是她特意点好的，为的是这三年恋爱中的苦辣酸甜各种滋味都有。尽管两人不合适，但三年的恋爱还是要感谢他的。

情人分手，多种多样，相互指责，怒言以对，甚至白刀子进红刀子出的都有，当然，无疾而终，和平分手的居多。买卖不成仁义在，恋人做不成，还可以做朋友嘛。但是，选择这样的方式分手，我还是第一次听说。这女的，情商足够用，够绝的，怎么想出来的！

就这么完了？我问他。

他一摊双手，说：对，完了！

我知道他有些不舍，有些痛苦，便开玩笑对他说：还缺了一道汤！四荤一汤，人家点了四菜，你怎么也该补上一道汤才是！

他一摆手：您别拿我打镲了！当时，我都被这四菜给整蒙了，还能想起什么汤来！

竹笋炒肉

那一年去峨眉，一路蒙蒙细雨下山，早过了饭点儿，肚子都咕咕叫了。车子开了一个来钟点，才看见山坡下面不远处有一家小馆，司机一打轮，车子驶出大道，拐下山坡，在小馆旁边的竹林前停了下来。

这家小馆，座位全部在室外，上面搭一个凉棚，热天遮阳，雨天避雨。与众不同的是，它卖的全部是山野菜，令大家颇感新奇，都很期待。其中一道竹笋炒猪肉，真的叫绝，满座最是称好。已是初秋时节，居然还有如此新鲜的竹笋，淡淡鹅黄的颜色，娇柔可爱，而且细嫩犹如春芽，入口即化的感觉，颇似水墨画中的水彩一点点地洇进宣纸，慢慢地让你回味。里面的猪肉，也全然不是在超市里买到的那种滋味，虽然肉片切得薄厚不一，但味道鲜美，无法形容其如何鲜美好吃，完全遮挡刀工的欠缺。

在座的一位说了这样一句：这才是真正猪肉的味道。这话虽然有些辞不达意，却是最好的褒奖了。于是，风卷残云之后，在一片叫好声中，叫店家又上了一盘。

如今，许多东西原本真正的味道，都已经离我们远去，机械化批量饲养的猪或鸡，在屠宰场和超市里二度加工得整齐划一，包装鲜艳；还有现在流行的半成品的预制菜；上得餐桌，即使装盘再漂亮，却在嘲笑着我们的味蕾和胃口。

城市化进程之中，物质发达之后，我们远离大自然，崇尚现代化，这是必然会带来的一种失落。陶渊明曾有句诗：好味止园葵。如今，我们却远离园葵，好味便自然也就远离我们了。人类虽为万物之灵长，却也如狗熊掰棒子，不可能把棒子都抱在自己的怀里，总会得到一些什么，也要失去一些什么，这是能量守恒。

这家乡间野店，很是清幽，虽在大道旁不远处，却前有竹林掩映，后有青山绿水和村落田园，全无大道上车辆往来的喧嚣。细雨拂面，清风吹拂，尽是湿润的草木味，格外沁人心脾。放眼望去，暖暖远人村，依依墟里烟，真有点儿世外桃源的感觉。想起放翁的诗句：一枕清风幽梦断，数匙旅饭野蔬香。说我们吃的这餐饭，正合适。

这个地方，名字叫零公里。这是一个奇怪却也好记的地名，下次去峨眉，一定要再来尝尝竹笋炒猪肉片。

手抓羊肉

一辈子吃过的手抓羊肉，最好吃、最难忘的地方，一在陕西，一在新疆。

是很多年前的夏天，从延安下来，车子开了一个来钟点，停在一个村头，进了一家小馆。这是朋友特意带我来的地方。肚子早咕咕叫了，朋友说好饭别怕晚，让我坚持。

因为早过了午饭的点儿，小馆里空荡荡的，不仅没有一个客人，连店主人都不在了。忙招呼人把店家请了来，来了个陕北汉子，既是老板，又是厨子，说菜是现成的，不过只有一道：手抓羊肉。

不一会儿工夫，一小锅热腾腾的手抓羊肉就上来了。手抓羊肉，吃的次数多了，没有吃过这样鲜这样香的。我问老板汤里都搁什么作料了，这么香？他告诉我，除了姜和盐，什么都没放（连油都没放）。只是这羊是今早晨天没亮时刚宰的，小火炖了整整一个上午。一天就卖这么一只羊，都是从延安下来的游人来吃，宁可饿着肚子跑老远，也到这里吃。

做法就这么简单，味道就这么鲜美。不管是西安，还是北京，再大的餐馆，没脾气。

前两年，又去延安，想那手抓羊肉，如法炮制，下了延安，车子开了大约一个钟点，到了一个村口，却怎么也找不到那家小馆了。也许，这次没有朋友带领，忘记了村名，我认错了地方。但我总觉得，它只是逗了一下我的馋虫，就像童话里的小屋灵光一闪消失了。

那年去新疆，是初秋，在博尔塔拉蒙古自治州，美丽的赛里木湖边上，住的是蒙古族的帐篷。我们从奎屯赶到那里的时候，已经是夜半时分，进得帐篷，地毯上放着一口大锅，冒着腾腾的热气，锅里是满满的手抓羊肉。什么东西都没有放，只有盐，锅旁边放着一碟碟的辣椒和孜然，供大家随意蘸肉吃。也是新宰的羊，炖了整整一天，又在火上热了一晚上。肉和骨头一起炖的，切的块非常大，很有气魄，没有一点儿小家子气。肉是完全烂透了，用筷子或勺子轻轻一碰，就自然脱骨，像秋风中情不自禁落下的树叶。

那肉怎么那样好吃呢？肥的不腻，瘦的不柴，吃进嘴里，没有膻味，满嘴喷香。蘸上辣椒和孜然，再嚼两瓣大蒜，喝一点儿伊力特白酒或啤酒，真的是人间美味。尽管一路颠簸，人困马乏，这一顿手抓羊肉，吃得大伙像重新打足气的皮球，又精神十足起来，躺在帐篷里，说着手抓羊肉，回味着手抓羊肉，久久没有睡着。

半夜里，被一阵窸窸窣窣的声音弄醒。那声音不大，却经久不息，很有耐性地不住宛转地响着，像一阵慢板柔弦。我弄不清这是什么声音,很好奇地披衣钻出帐篷,看见原来是好几头牛,正在帐篷边啃噬青草。都说马无夜草不肥,牛也这样吗?

博尔塔拉的夜色很美,很静。夜空中,月光溶溶,星汉璀璨,能隐隐听到不远处赛里木湖水拍打岸边的轻轻絮语。

芭 乐

如今,在北京,热带水果已经应有尽有,见多不怪了。二十多年前,我去台湾,不少热带水果都是第一次见到,芭乐是其中之一。

台湾人管它叫芭腊。后来,知道了,它就是番石榴。以前读马尔克斯的书《番石榴飘香》,对它和对这本书一样,不甚了了,只是望文生义,以为它和石榴应该同宗同亲,里面如石榴一样,也有密麻麻一粒粒的籽。

它里面确实也有一粒粒的籽,只是如芝麻粒一样小。它的皮是青色的,有些像未成熟的梨皮,很脆,可以吃,很好吃。里面的果肉是白色的(据说也有红色的,那时候我没有吃到),也很脆,很好吃。它并没有梨那样甜,那样汁水饱满,但它有梨没有的一股清香,还有一种特殊的味道,难以形容,给我的感觉,有点儿像南方雨季里踩在小街湿漉漉的石板路上,遥街灯火黄昏市,深巷帘栊玉女笙,那样地朦朦胧胧,那样地清新悠长。

台湾人一般把它切片,微微撒一点儿盐吃。我学着也这样吃,味道确实和没撒盐的不一样。开始,我把里面的籽尽可能吐出来，台湾人告诉我，籽可以吃，它有助消化，通便。

在台湾待了一个月，街头上，卖水果的小摊很多，没少吃芭乐。

回北京，特意带回两个芭乐。个头儿，比后来在北京卖的芭乐要大很多。那时候，还没见北京卖这家伙的，全家人都觉得很新鲜。孩子过几天要去天津看他老姨，说留一个给老姨带去吧，让她也尝尝鲜儿！

老姨尝了。大概是搁的时间有点儿久，芭乐的皮有点儿发硬，里面的果肉没觉得什么，籽变得更硬。老姨尝了一口，硬硬的籽，居然把牙硌下一小块，成为了芭乐留给大家的袅袅余音，常拿芭乐的籽和老姨的牙开玩笑。

莲 雾

第一次见莲雾，也是在台湾。

莲雾，实在是太好看，曲线流畅，有些像梨形；红艳艳的，像姑娘红扑扑的脸蛋；光滑滑的，像小孩柔嫩的皮肤。它的底部有一个凹槽，不知道是做什么用，又是怎样费心思才能长成这般与众不同的样子，有点儿像人的肚脐眼，或一道不经意的疤痕。

在街头的水果摊上，第一次见到它，我很有些土鳖，不知道它是什么东西，也不知道怎么个吃法。小贩告诉我：它叫莲雾，放进嘴里吃就行啦！

我买了几个，很便宜。吃了，很清甜的味道，水分比芭乐要多，真的很好吃。这么好看又好吃的水果，在我看来，只有荔枝和芒果能够与之匹敌。外表这么鲜红的水果，我真的不知道还有谁了。红毛丹？红苹果？樱桃？草莓？似乎都没有它这样水灵灵的鲜红。

去台南，看一位新认识的朋友，下了飞机，他直接把我接到他家。刚进门，他妻子端着硕大无比的一个大盘子，迎面走过来，盘子里面装的是莲雾，切成一片片，绕着盘子，摆成一圈一圈，像编织的一个大花环。这是我在台湾吃得最多一次的莲雾。不知道他是怎么知道我喜欢吃莲雾的，莫非真的是心有灵犀一点通？

他告诉我，台湾盛产莲雾，莲雾原产马来西亚和印度尼西亚，莲雾这名字，就是台湾人翻译的，是音译。我说这个名字翻译得真好，莲和雾两个中国字，都很美，有诗意。音译，和可口可乐一样地难得。

如今，在北京，莲雾很好买到了。在北京，吃到最好的莲雾，是从海南运来的，名叫黑金刚，比台湾的莲雾个头儿大，颜色深，红得发乌。说实在的，没有台湾的莲雾秀气好看，但很甜，很脆，水分很足。我一般把它切片，夹在面包里，抹上一层草莓酱和芝士，作为早点，比夹什么生菜和西红柿好吃多了。实在是美味无比，百吃不厌。

据说，莲雾一年四季多次开花结果。最初，在我的想象中，莲雾这么红，它的花应该也是红红的、茸茸的，像合欢花。它的花倒真的是茸茸的，呈絮状，却是白色的，这很有点儿奇怪。这也是听台湾人说的。在台湾，我没见过莲雾树。

多年以后，在广东佛山的清晖园，我第一次见到莲雾树，居然长那么高，起码有十来米高。长长的叶子很大，红红的莲雾，零星地在高高枝叶间闪烁，显得那么小。站在树下仰头看，还以为是开的一簇簇的小红花。它们不像桃和杏长在枝叶上面，而是倒垂着，如果是几个莲雾簇拥在一起，伞状悬挂在叶子下面，像是在空中盛开后垂落的礼花。

苹 果

苹果是一种古老的水果，起码有几千年的漫长历史。苹果是传说中伊甸园里的命运之树，亚当夏娃偷吃的禁果，就是苹果。古罗马的博物学家普林尼说，在早古罗马时代，意大利人就培育出了二十三种不同品种的苹果，跟随着罗马帝国的西进，随之在整个欧罗巴传播开来。

对于苹果的赞美，从古至今在绘画和文学作品中，都可以找到许多。从丢勒和克拉纳赫的油画，到欧里庇得斯、莎士比亚，一直到泰戈尔和里尔克以及普列什文，都有描写苹果的诗句。高尔斯华绥写过小说《苹果树》，蒲宁写过小说《冬苹果》，契诃夫的小说《新娘》也特意把新娘娜嘉要离家出走之地放在家乡的苹果园中，巴乌斯托夫斯基的小说《盲厨师》中，更是要将莫扎特为临终前的盲厨师演奏的场景，放在了盲厨师眼前苹果花开的四月清晨。

为什么人们对于苹果赋予如此的感情？我想大概因为苹果确实甜美好吃，苹果普及得很，到处都能够看到、买到。苹果树从来不是贵族，而是十分地贫民化，而且，苹果树一般都长得并不高大，绝不拒人于千里之外，而是伸手可摘，显得那样温柔可亲。起码不像是荔枝那样地高贵,一骑红尘妃子笑,无人知是荔枝来。

没错,苹果是大众化的水果之一,在世界水果产量最高的,第一是香蕉,第二就是苹果。美国十九世纪著名的牧师亨利·沃德·比彻尔,曾经说苹果是最民主化的水果:"不管是被忽视,被虐待,被放弃,它都能够自己管自己,能够硕果累累。"

比彻尔说得极对,苹果树的生命力极顽强,耐寒力超过任何水果,大概是能够生长在纬度最高地方的水果了吧。在俄罗斯,在捷克,在波兰,纬度都要比欧洲其他的国家高,我都看见过公路两旁的苹果树,迎着料峭的风,或开花,或结果。掉在路旁的苹果,他们从来不捡,公路旁一公里左右的苹果,他们不吃,因为有来往汽车的污染,苹果不新鲜。就让它们烂在那里,作为苹果树的肥料。

在我国,城市的行道树选择果树的很少,种苹果树的,我只在石河子见到,是新栽不久的苹果树,结出的苹果,很小,但很甜,并没有人摘,任它们红红地挂在枝头,在秋风中摇曳。

据统计,世界每年苹果的产量有几千万吨,美国产量最高,占了世界将近四分之一。美国人对苹果情有独钟,在他们国土刚刚开发的时候,是苹果帮助他们将荒原改造成了家园。美国有名的民间英雄"苹果佬约翰尼",就是当初用了一生四十年的生命时光,将苹果树的种子撒在俄亥俄州的荒野上而蔚然成林的。

美国向世界出口最多的苹果，是我们现在相当熟悉的蛇果。据说，这是当年在艾奥瓦培育出的新品种，1893年参加了密苏里路易安纳的一次比赛中，获得了头奖而被命名为蛇果的。蛇果英文意思是"美味"，因为那时的蛇果"甜得没有了方向"。至今在艾奥瓦农场的苹果树林中，还能够找到当年第一次结出如此"甜得没有了方向"的那棵老苹果树，在这棵老树的旁边，为它立有一块花岗岩的纪念碑。

如今，蛇果在我国已经快臭了街。记得上世纪八十年代，在珠海海关前的免税商店，第一次见到这种从美国进口来的蛇果，特意买了几个带回家，全家人却谁也不愿意吃。它并没有想象中的那么甜，关键是太面，有些像我们早就淘汰了的锦红苹果。

我猜想1893年时的蛇果大概不会这样，一百多年过去了，再好的茶冲到现在也不会是原来的味道了。几千年以来，苹果和人类同呼吸共命运，人类改造着它的命运，也改变着它的口味。苹果树越来越像是人类驯养的狗一样，只能够唯命是从，苹果的拟人化、规模化和商业化，使得它们的爹妈越来越集中在少数的品种之中，退化是必然的。苹果树，就像一个耕地的牲口一样，被我们使得太狠了，它们原来的野性已经渐渐失去了许多，它们的创造性就越来越差，滋味当然也就越来越差。

但是，不管怎么说，苹果还是有滋味的，而且，有的还有特殊的别样滋味。这样的想法冒出来，是因为看到新出的一期《诗刊》上，有一首写苹果的小诗，作者是我曾经待过的北大荒建三江的一位新人，叫李一泰，因建三江而亲切。他写贫苦的母亲用鸡蛋换来一个苹果，用刀切成六瓣，五瓣给孩子，一瓣留给父亲，自己只是舔了舔刀刃上的苹果汁。恰巧这一幕被下班回家的父亲看到——

爹夺过娘手中的菜刀
将自己的那瓣苹果
切成两瓣，塞到娘的手里
娘刚挑亮的那盏油灯
在爹的眼中，瞬间
——模糊了

这首小诗感动了我，因为这样苹果的滋味，也曾经是我有过的。

煮栗子

那时候,我家在和平里住。一年秋天,我到外地出差,家里只留下孩子和他妈妈。家里有新买的栗子,孩子嘴馋,磨他妈妈煮栗子吃。妈妈说过两天上街给你买糖炒栗子吃多好,孩子不干,想过两天还不知是哪天呢,他现在就想吃。而且,同学说煮栗子和糖炒栗子不是一个味儿。他吃过糖炒栗子,还从来没吃过煮栗子呢。

妈妈被他磨得没办法,想就煮几个,让他解解馋,便拿出十几个栗子,用剪刀在栗子尖上剪了个十字口。孩子问妈妈:为什么要剪口?妈妈告诉他:为了防止栗子煮的时候爆。孩子又问:为什么栗子会爆?妈妈反问他:你想想为什么?他想了想,说:热胀冷缩?栗子煮的时候膨胀了,容易爆,对吗?妈妈说对,夸奖了他,又嘱咐他:待会儿煮的时候,一定要小心,别让栗子爆了,崩了你!

孩子和妈妈一起把栗子放在一个煮鸡蛋的小锅里。孩子着急吃,等不及,总去火边翻锅盖,看水开没开。水开了之后,又不住去看栗子熟没熟。小孩子哪儿有不馋的?他才上小学三年级,嘴里早惦记着煮栗子的滋味了,看看到底和糖炒栗子的味道有什么不一样。

妈妈嘱咐他的话，他听见了，却没有记住。不住跑去掀锅盖，一次没事，两次没事，这一次，却有事了。在掀开锅盖的瞬间，滚开的沸水中，栗子翻着跟头，"砰砰"地爆了，溅出的开水，正好顺着他的裤腰流了下去，烫得他大叫起来。

妈妈闻声跑过来，问他烫到哪儿了，他指指大腿根儿。妈妈一看，都烫红了，隐隐地起了泡，吓坏了，忙说：赶紧上医院吧！

他倒挺沉得住气，摇摇头，说：没事，去医院多远啊，到了医院烫的地方还不更严重了！吴静她家有烫伤的药，找她去要点儿药抹上就行！

吴静是他的同班同学，在学校里，曾经说过她在家里也是调皮，不小心烫伤了，她妈给她抹上了烫伤药，很快就好了。吴静就住在我家楼上，平常两个孩子上学放学，常在楼梯上疯跑。孩子要去上楼找吴静，妈妈拦住了他，说我去吧，就上楼找吴静她妈，要来了烫伤药。抹上后，真的很快就好了。第二天，上楼还药，妈妈向吴静妈妈道谢后说：看我家这孩子太馋，太调皮，还得麻烦你！

吴静妈妈说：小孩子，没有不馋不调皮的，我家吴静，别看是女孩子，还不也一样？

我出差回到家，他们娘儿俩没告诉煮栗子被烫伤的事。前两年，我们两口子路过和平里，特意弯了一下，从我们曾经住过的那座楼前经过。他妈妈才对我说起了这件三十多年前的往事。不知道,那一次煮熟的栗子,孩子吃出了什么样的味道?

那座我曾经住了八年的楼房外立面被粉刷一新。我望望熟悉的楼房,不知道吴静一家是否还住在那里。我们搬走三四年后,就是孩子读中学的时候,听说吴静被一位电影导演看中,选去演了一部电影。算一算,吴静和我孩子一般大,今年也已经四十出头了。吴静留给我的印象,还是小时候的样子,活泼可爱,爱说爱笑,爱唱爱跳。日子过得真快,只有童年还立在那里,笑语喧哗,脚步咚咚,在楼梯间回荡。

生日蛋糕

孩子没有上小学的时候,我有时会带着他到长安街玩,顺便去买面包或蛋糕。靠近大北窑路北,有家面包房,不大,做的法式面包和黑森林蛋糕非常好吃。关键是,晚上七点之后,所有的面包和蛋糕一律五折。当我和孩子发现了这个秘密后,这家面包房便成为了我们常常光顾之地。

那时,售货员常常只剩下了一个人值班,坚守到把面包和蛋糕都卖出去。这是一个年轻姑娘,顶多二十三四岁的样子,有点儿胖,但圆圆脸膛,大眼睛,还是挺漂亮的。每次去,几乎都能够碰见她,孩子总要冲她阿姨阿姨叫个不停:我要买这个!我要买那个!她站在柜台里,听孩子小鸟闹林一般地叫唤不停,静静望着孩子,目光随着孩子一起在跳跃。

时光如流水,一转眼,孩子长大了。考入大学,交了女朋友之后,晚上要去的地方很多,面包房如飞快的列车驶过掠在后面的一棵树,属于过去的风景了。只有我常常晚上不由自主地转到长安街,拐进面包房。

有一天,我去面包房,见我又只是一个人,她替我装好蛋糕和面包,问我:您的孩子怎么好长时间没跟您一起来了?

我告诉她孩子上大学了。她点点头，然后笑着对我说：等再娶了媳妇就忘了爹娘，更不会跟您一起来了呢！我跟着一起笑了起来。回家见到孩子后，我把她的话告诉给孩子听，孩子一下子很感动，对我说：您说咱们不过只是到她那里买打折的面包和蛋糕，这么长时间了，她还能记得我，这阿姨真不错！我也这样认为，世上人来来往往，多如过江之鲫，莫说是萍水相逢了，就是相交很长时间的老朋友，有的都已经淡忘，如烟散去，何况一个面包房和你毫无关系的姑娘！

星期天，孩子专门陪我一起去了一趟面包房，一进门叫声阿姨，她抬头一望，禁不住说道：都长这么高了！又说你要的黑森林今天没有了。孩子说没关系，买别的。然后，两个人一个挑蛋糕和面包，一个往盒子里装蛋糕和面包，谁都没再说什么，但他们彼此望着，很熟悉，很亲近，那一瞬间，仿佛一家人。那种感觉，是我来面包房那么多次，从来没有过的。

孩子大学毕业就去了美国留学，孩子走后，我很少去面包房。那天，如果不是老妻要过本命年的生日，我还想不起面包房。晚上，北京城难得下起了雪，雪花纷纷扬扬的，把长安街装点得分外妖娆。老远就能看见面包房门前的霓虹灯在雪花中闪闪烁烁眨着眼睛。走进去一看，今天难得地热闹，竟然有三个年轻的女售货员挤在柜台前，蒜瓣一样紧紧地围着一个二十来岁的姑娘，叽叽喳喳说得正欢。

扫了一眼，没有找到我熟悉的那个胖乎乎的售货员。因为去的时间早,还有十来分钟到七点,我坐在一旁,边等边听她们说话。听明白了,这个姑娘和我一样,也是等七点钟买打折蛋糕的。还听明白了,是给她的妈妈买生日蛋糕。又听明白了,她的妈妈就是面包房里那三位女售货员的同事,她们其中的两位是从后面的车间特意跑出来,聚在一起,正在帮姑娘参谋,让她买蛋糕之后再买几个面包,并对小姑娘说:你妈妈在这里工作了这么多年,都是值晚班卖打折的面包和蛋糕,自己还从来没买过一回呢!你得多买点儿!

七点钟到了,我走到柜台前,玻璃柜里只有一个黑森林蛋糕,一位售货员对我说:对不起,这个蛋糕已经有主儿了!她指指身边的姑娘。我说那当然,然后,我对姑娘说:你妈妈我认识!姑娘睁大一双大眼睛,奇怪地问我:您认识我妈?我肯定地说:当然!小姑娘更加奇怪地问:您怎么认识的?我笑着对她说:回家问问你妈妈就知道了!就说一个常常带着一个孩子来这里买蛋糕和面包的叔叔,祝她生日快乐!她还是有些疑惑,也是,几十年的岁月是一点点水流淌成的一条河,怎么可以一下子聚集在一杯水里,让她看得清爽呢?我再次肯定地对她说:你回家和你妈妈一说,你妈妈就会知道的!

姑娘买好蛋糕和面包,走出面包房,身影消失在风雪之中,我转身问那三个售货员:她的妈妈是不是那个胖乎乎的售货员?她们都惊讶地点头,问我:您是她以前的老师吧?我笑而不答。她们告诉我她今年刚刚退休。这回轮到我惊讶了:这么早？她才多大呀！她们接着说：我们这里五十岁退休。竟然五十岁了！就像她看着我的孩子长大一样，我看着她的青春在面包房里老去，生命的轮回在我们彼此的身上，面包房就是见证。

子儿莲蓬

子儿莲蓬,就是嫩莲蓬,如今的人们不这样说了,这个词儿,基本消失了。过去夏天在什刹海柳荫水曲边,常见小贩卖这种子儿莲蓬的。还有唱十不闲小曲的这样唱它:"六月三伏好热天,什刹海前正好赏莲。男男女女人不断,听完大鼓书,再听十不闲。逛河沿,果子摊儿全,西瓜香瓜杠口甜。冰儿镇的酸梅汤,打冰盏卖,了把子儿莲蓬,转回家园。"

唱词不说买把子儿莲蓬,说是"了",这样的词儿,如今也很少能够听得到了。这是只有真正老北京人才能体味到的老北京话的味儿。这是卖子儿莲蓬的小贩招呼顾客说的话,如果是卖酸梅汤的,招呼顾客时就会换一个词儿:闹一碗您尝尝!一个"闹"字,一个"了"字,尽显老北京市井风情和老北京人的性格。

我的孙子五岁半那一年夏天,从美国来北京看我,我带他去香山玩。公园广场前有一条小溪,溪上有座小桥,桥头有小贩挎着篮子卖东西吸引了他,站在那里瞧半天没动窝。我走过去一看,篮子里放着的是子儿莲蓬。

孙子没见过这玩意儿,很好奇地看着绿色莲蓬上,那一个个跟小和尚受戒头上点的小包。我告诉他这是子儿莲蓬,荷花开后,会长藕结莲蓬,藕长在水下面,莲蓬结在水上面。这莲蓬那一个个小孔里结的有籽,叫做莲子,能吃。

最后,这"能吃"两字更是吸引了他。他从来没吃过这家伙,想看看是什么样子,尝尝是什么味道。

我给他买了一个莲蓬。他迫不及待上手就要剥莲蓬,我说:先别急,你先拿着它,我给你照张相。

照相,已经没有看看莲蓬里的莲子是什么样子、吃是什么味道重要了。

没进香山公园,他已经把莲蓬里的莲子一个个都剥了出来。可惜,这莲蓬比子儿莲蓬还要子儿莲蓬,没有成熟,就让小贩早早拿出来卖。里面的莲子扁塌塌的,咬在嘴里,一点儿不好吃,还有些涩味儿和苦味儿。

他有些失望。

我对他说:这莲蓬没成熟,熟了的莲蓬里的莲子,白白胖胖的,有股子清香味儿,用它煮八宝粥特别好喝。他睁大眼睛望望我,又看看手里的莲蓬,似信非信。

转眼八年过去了。今年夏天,他辗转回到北京,我对他讲起了那年香山桥头买子儿莲蓬的事情,他说还记得。只是,今年没能去成香山。

前两天,我去香山的时候,路过小石桥,特意留神看看,有没有卖子儿莲蓬的。没有。或许因为小孙子没来,如果来了,卖子儿莲蓬的也就来了。这么一想,忍不住自己笑自己。

干烧鱼

鱼的吃法有多种，鲁味的红烧鱼、天津的罾蹦鱼、江苏的松鼠鱼、广东的清蒸鱼、安徽的臭鳜鱼、绍兴的醉鱼干、江浙的糟熘鱼、日本的生鱼片……

我最爱吃干烧鱼，是湘蜀餐厅的干烧鱼。

湘蜀餐厅，在东安市场南端西侧，它的旁边是家西餐厅，门框上有彩灯和霓虹灯，大白天也闪闪烁烁，透着洋味儿的气派。相比之下，湘蜀餐厅不怎么打眼。不知为什么，我们来到这里，选择了湘蜀餐厅。

那是1970年的夏天。我和弟弟分别从北大荒和柴达木回北京探亲，这是我们分别两年多之后第一次回家，也是第一次进湘蜀餐厅。

那时，我每月工资三十二元，弟弟在柴达木油田当修井工，有野外补助，每月工资一百多元，算是小财主了，便财大气粗来这里请客。这一餐吃的别的菜，都没有印象了，唯一记住的是干烧鱼。

北京人，时兴吃带鱼，其他鱼很少吃，也很少见。干烧鱼烧的什么鱼，一点儿不懂，只知道非常好吃。微微有些辣，很香，非常入味。确实可以称之为干烧，因为盘中几乎没有什么汤汤水水，只有一层汪汪的红油。一条鱼很完整，颜色褐带微红，平实地躺在盘中，很舒服的样子。鱼的两旁有笋丁、黄瓜丁、胡萝卜丁、蒜瓣和辣椒块，红的红，白的白，绿的绿，很好看。以色香味论，可说至善至美。

也许，是见少识短，觉得真的是最好吃的鱼了。以后，每年和弟弟约好一起回北京探亲，我们都要到湘蜀餐厅，吃一回干烧鱼。一直吃到我从北大荒调回北京当老师以后好多年。

最后一次。弟弟还在柴达木油田，有了一个女朋友。他带着他的女朋友，我带着我的女朋友，一起来到湘蜀餐厅。原来两个人的相逢，变成了四个人的聚会，家的概念，是人数的增多。

干烧鱼是最后上桌的，上桌之前，不知因为什么事情，弟弟和他的女朋友发生了争执，不由吵了起来，声音由小渐渐变大，我怎么劝都止不住。最后，他女朋友一气之下，拍案而起，夺门而去。

弟弟倒沉得住气，坐在餐桌前让我们吃鱼，说别管她。干烧鱼，虽然一如既往地好吃，却没有吃出什么味道。

弟弟和女朋友结婚后，一起调回北京，是二十多年之后的事情了。有一次，我们一起逛王府井，到了饭点儿，我对弟弟说：去湘蜀餐厅吃干烧鱼吧。东安市场已经大变样，没有找到湘蜀餐厅。

再也没有吃过那么好吃的干烧鱼了。

糟熘三白

糟熘的菜，一般都是鲁菜，我特别喜欢吃。

在我国传统的烹饪技法中，火候的掌控，是厨师的基本功。相对于爆，熘的火候更必须拿捏得恰到好处。可以说，软火的熘和急火的爆，是对应的两极，如同舞蹈中的宫廷枝形吊灯下的华尔兹和热辣辣阳光下的桑巴。

在熘菜中加以糟，是鲁菜中的独创，别具一格，在北方菜肴里，特别有了南方菜的气息。据说是大运河的功劳，商业往来便利，把南方的糟和饭食口味带到了北方。以前，糟，南方有，北方一般没有。糟香的味道，不是醪糟的味道，也不是料酒和黄酒的味道。糟用在炒菜中所散发出的滋味，难以形容，最初想到这一点，绝对是鲁菜难能可贵的创新。

糟熘的菜，我最喜欢糟熘三白，觉得比单一的糟熘鱼片要好。糟熘三白的三白，是鱼片、鸡片和玉兰片，都是白色。这道菜做出来，无论是这三白还是汤汁，从颜色看，都要求洁白如雪，格外清爽宜人才行。选材不好，做得不好，颜色会发黄，色彩暗淡，这道菜就算是出师未捷身先死，失败一半了。

再从味道论，糟味儿起到了关键的作用。这作用不是一般地画龙点睛，而是要渗入三白的骨髓。不少馆子用醪糟兑黄酒，简单糊弄事。糟必须得是自己调制，费时费工费心。好的馆子，这一道糟决定这一道菜的灵魂。除了糟，还要有高汤，和糟混合，浸透三白之中。如今的高汤，不少馆子也是糊弄事，能用鸡汤就不错了，真正像以往的老饭店自己熬出的清亮如水的高汤，已经越发少了。糟和高汤的质量，直接影响这道菜的色香味。

再有，鱼片、鸡片和玉兰片这三片，必须切薄，而且薄厚大小一致，在薄薄透明的芡汁中，才会如云浮动，端上盘来，才美观雅致。其中衡量鱼片切的水平如何，只看端上盘来的鱼片是否微微发卷。厚鱼片是打不起卷来的。前几天，到丰泽园吃饭，点了一盘糟熘三白，丰泽园是京城有名的鲁菜大馆子，没想到端上来的这一盘糟熘三白，切片薄厚不均，大小不一，爷爷孙子都有。我请来服务员，用筷子夹起一块鱼片，对她说：你去后厨问问你们师傅，这是鱼片还是鱼块？这要是我徒弟做的菜，我是不会让他端上桌的！服务员走了，不一会儿回来了，端上一片红豆凉糕，客气地对我说：我们厨师长送您的小点心，向您道歉了！

在鲁菜中，比起葱烧海参等大菜，糟熘三白不是一道特别难做的菜。但真的做好了，也不容易。我吃这道菜的机会很少，在为数不多的次数里，只有一次，味道真的不错，让我难忘。

二十多年前，一个冬天的晚上，我和家人办完事，走在北大南门附近，想找家饭馆吃饭。那时候，北大南门对面有好多小饭馆，大概是天有些晚了，很多已经打烊，或正要关门。看到一家饭馆的门还开着，便赶紧走了进去，看见店里已经没有客人，几个服务员正收拾桌椅，打扫卫生，显然也要打烊了，但看我们进来了，没有谢客的意思，还是客气地让我们坐下，然后递来了菜单。在菜单上，我看见了糟熘三白这道菜，便点了它。

这是我吃得最好的一次糟熘三白。真的色香味俱全。那样地白，白得像雪，没有一点渣滓；那样地薄，薄得像透明的云，像凝脂的玉；那样地香，糟香浓郁，又没有过甜、过浓、发腻，齁你的嗓子；三白的味道和汤汁的味道，融合一起，让你有一种肌肤相亲的感觉，全家福的感觉。而且，最后拢的宽宽的薄芡，恰到好处，不稠不澥，糟香和高汤的味道，混合一起，那样地柔和，云淡风轻。

再也没吃过这么好吃的糟熘三白，尽管这只是一家小馆。遗憾的是，夜色中，我没有看清它门前的店名。

狮子头

狮子头,是淮扬名菜。慕名而向往,在北京一些淮扬馆子里,只要看到菜单上有狮子头,必点不误。吃过的狮子头,却是没觉得一家好吃。当然,是去的店家有数,真正做得好的狮子头,只是我没见到,并不能说它不存在。

也曾经去过扬州和江南一些地方,吃过那里的狮子头,同样,也没吃过真正好吃的。同样,也是去的地方不过蜻蜓点水,真正好吃的狮子头,并不是故意躲着你,而是你见少识陋,浅草只能没马蹄。

但是,真的很想吃到好吃的狮子头。这样的念头,偶尔会袭上心头。莫非真的是众里寻它千百度,踏破铁鞋无觅处?

十多年前的一个夏天,在南京机场候机,突然,天降大雨,飞机大面积晚点。我乘坐飞往北京的飞机,更是一晚再晚。没有办法,只好枯坐那里,耐心等候。中午,到机场一家餐厅吃饭,看到菜单上有狮子头,便点了一个。餐厅不大,人很多,过了好半天狮子头才上来,一个长圆形的高庄小碗——其实,算不上碗,只能说是盅,细瓷谈不上,月白色,不算精致,里面盛着一个不大的狮子头,汤很清,但上面浮着明显的油星，衬着一片嫩绿的油菜心。

看到这样不起眼的样子，我没抱什么奢望。机场餐厅的饭菜，总让人容易产生一些萝卜快了不洗泥的感觉。但是，用汤匙剜下一点儿送进嘴里，感觉非常奇特，那一口狮子头，立刻就像雪一样化了，随之是满嘴的清香，没有一点味精等调味品的味道，全是肉的清香，留在嘴里的，除了散不去的清香，还有荸荠清脆的颗粒感，真的妙不可言。

不知道他们是怎么做的，狮子头选料很重要，肉的肥瘦比例，刀斩的功夫，也很重要。不过，这些制作狮子头的程序，谁都知道，表面看并不复杂，但真的做起来，其中细节却是各家不同，失之分毫，差之千里。这和戏曲演员一样，不要说一招一式，即便是简单的一句唱腔，也必须得有多年锻炼的功夫，不像唱流行歌的歌手，只要有嗓子就敢上台招呼。

也许是我没见过什么世面，南京机场的狮子头，是我吃过的最好吃的狮子头。或许，有意的寻访乃至拜访，不如偶然的邂逅。好的戏曲演员，必得在舞台上亮相方可；好的厨师，却可以藏在民间，所谓处江湖之远，好味自在。

羊肉泡馍

两个小孙子从美国回北京，最喜欢吃烤鸭和羊肉泡馍。比较了几家之后，一致认为新街口西安饭庄的羊肉泡馍最好。每次临离开北京飞美国之前，一定要再去一次那里，吃一顿羊肉泡馍，方解心头之馋。

西安饭庄，离我家很远，他们几次拉我去那里，我都没有去。他们把那里的羊肉泡馍说得天花乱坠，被他们磨得没法子，跟着他们去了一趟西安饭庄。那是一家老饭店，羊肉泡馍做得自然应该有一定的水准。看两个孩子自己很有耐心地掰着馍，一点点地丢进碗里，很有参与感，很享受的样子，觉得中国如此丰富的饮食，在美国，他们是没有见过的。

羊肉泡馍上来了。他们吃得津津有味，做得不错，但没觉得如他们夸得那样好。

我吃过最好吃的一次羊肉泡馍，是1981年的夏天。我去青海，途经西安，住了两天，住在离鼓楼不远的一家小旅馆。出旅馆门，附近有一家饭馆，只卖羊肉泡馍。门脸不小，里面没有任何装修，几张木桌几条木板凳，一个很大的灶台就在屋内，灶火很旺，热气腾腾，墙都被烟熏得发黑。

要了一碗羊肉泡馍,自己掰好馍,自己送到灶台前,师傅只专注在沸腾的大锅里,眼睛抬都不抬一下,看也不看人一眼,甚至连你给他端过去的碗都顾不上看,只看见他被灶火和热汤蒸腾的脸,淌满汗珠。

他麻利地在碗边用木夹夹上一张纸条,告诉你上面写着你的号,等他泡好了叫你的号,你自己来取。这样的吃法,让我觉得,大概上一辈甚至是再上一辈,就是这样,颇有点儿乡村野店的吃法,原始,格外朴素,烟熏火燎中,接地气,见民俗。关键是,羊肉泡馍确实美味无比。羊肉是在热汤里炖烂的,不是冷肉切片,摆在碗中做点缀。汤的味道醇厚,馍被汤浸透,肉味浓郁,并非汤是汤,肉是肉,馍是馍,而是三者融合为一。最后,撒上一点儿香菜,点上一点儿辣椒油,就几瓣糖蒜,呼噜呼噜下肚,美得很!

虽然已经过去了四十多年,那一碗羊肉泡馍的滋味,记忆犹新。

存在记忆里,还有一个有意思的印象,门口开票的,是一位年轻的姑娘,长得还不错,化着那个年代浓重而有些拙劣的妆。猜想是师傅的女儿,她坐在那里,目光游离,对人爱答不理,看样子,心有旁骛,并不情愿坐在这里开票。不过,她的年轻、漂亮和时髦的妆容,似乎和这家老店故意在做着强烈对比,有些格格不入,却格外吸引人,顾客很多,不知大多是冲着她去的,还是冲着她爸爸做的羊肉泡馍去的。

那天，从西安饭庄吃完羊肉泡馍回家，两个小孙子问我：怎么样？

我告诉他们四十多年前在西安吃的那次羊肉泡馍，对他们说：没那次好！我又对他们说：吃羊肉泡馍，还得去真正的西安，那里才正宗！

后来，他们跟着爹妈到西安旅游，吃了那里的羊肉泡馍，回来对我说：还是北京的西安饭庄的羊肉泡馍更好吃。

茶馆泡茶

开门七件事，柴米油盐酱醋茶，茶，对于中国人不可或缺，是日常生活的一部分。在中国各地，茶馆很多，便是其形象的说明。对于茶馆，无论是老舍的话剧《茶馆》，还是闻一多的诗歌《茶馆小调》、沙汀的小说《在其香居茶馆》，或是今人王笛的学术著作《茶馆：成都的公共生活和微观世界1900—1950》，似乎都在强调茶馆的政治性，愿意把茶馆当作一个政治的舞台，让历史的风云演绎其间。过去的茶馆里贴有"莫谈国事"的标语，几乎成为茶馆里的一种招牌式的布景展示，愿意将国事泡进茶中，滋生出感时伤怀的别样味道。

茶馆多且有名，在我国大概独属于北京和成都两地。对比北京成都两地的茶馆，很有意思。张恨水曾经这样比较过两地的差别："北平任何一个十字街口，必有一家油盐杂货铺（兼菜摊），一家粮食店，一家煤店。而在成都不是这样，是一家很大的茶馆，其需要有胜于油盐小菜与米和煤者。"这样的比较，真的是生动形象得很。所以，成都人爱说的是："口子上吃茶！"北京人则爱说："酒馆里喝两盅！"

这么一比，北京的茶馆落在成都的后头。这是客观的，没得说。成都号称"一城居民半茶客"。看过去的材料，从清末到解放初期，成都的茶馆都在五六百家，而成都的街巷是五百条上下，也就是说，平均一条街巷至少有一家茶馆。即使如今的茶馆没有那么多，但依然不少，红红火火，遍地开花。且百年老茶馆如鹤鸣、悦来等诸家，至今犹存，平民化依旧。

我在成都曾到过杜甫草堂的茶馆、百花潭公园慧园茶馆、大慈寺的茶馆、人民公园的鹤鸣茶馆喝茶，价钱都不贵，很平民化，很多人一坐半天，品茶闲聊。这样的茶馆，历经朝代的更迭、时代的变迁、岁月的沉浮，而风景依旧，茶香依旧，甚至盖碗和藤椅都依旧。人们到了这里，一壶清茶，坐看花开花落，云卷云舒，不饥不寒万事足，有茶有酒一生闲。忍不住想起成都本土作家李劼人，他是将成都茶馆概括为成都人客厅的第一个人。一个世纪之前，他说成都茶馆"是普遍的作为中下层人家的客厅和休息室"。

这在北京是不可想象的，因为北京如今已经找不到这样一家可以成为我们自己客厅和休息室的老茶馆了。北京的茶馆，如今只能靠老舍的话剧《茶馆》活在舞台上。解放之后，老茶馆便已经逐渐消失。上个世纪八十年代，有个叫尹胜喜的老北京人，在前门开办大碗茶，二分钱一碗，想以此廉价的平民之态，重振茶馆旧风。如今的前门大碗茶，已经变成了两层仿古建筑的"老舍茶馆",卖茶卖小吃,更卖大餐,兼演出京剧、皮影和曲艺。一杯茶,已经要价不菲,瞄准的是外地的游客,不是北京人了。

洗脚泡菜

成都人讲究吃，和南方人不同，不是那种精雕细刻或繁文缛节，将味道蕴藏在大家闺秀的云淡风轻或排场之中，而是更注重家长里短，注重平民气息，注重大之外的小。

我住锦江饭店，吃饭时，不管你点什么菜，端上来的同时，必要免费给你端上一小碟泡菜。不是那种腌制多日发酸且咸的泡菜，与韩国泡菜那种重口味也不同，而是像刚泡过不久，非常地鲜嫩滑脆。虽是几粒青笋丁、萝卜丁和胡萝卜丁，却搭配得姹紫嫣红。

那天，朋友来访，我问这种泡菜的做法，很想学学回家如法炮制。我知道，有人曾总结成都有十八怪，其中一怪便是"一日三餐吃泡菜"，想一定都会做这种泡菜的。果然，朋友立刻说：我们管这种泡菜叫做洗脚泡菜，意思说头天晚上睡觉前用洗脚的工夫就把它腌好了，第二天一清早就可以吃了，是最简单的一种泡菜，什么也不要，只放一点盐，点几滴香油就可以了。

成都人给菜给菜馆起名字很有意思，往往愿意拣最俗的名字起，你看，管小饭馆叫苍蝇馆子，管泡菜叫洗脚泡菜，在北京，没有这么起名的。朋友笑着说，北京不是皇城吗？皇城，是人家皇上的，平民百姓却沾亲带故似的，也自我感觉好了起来。

起名字，其实是民俗，更是一种文化情不自禁的流露。对自己的文化有自信，才会雅俗一体，大雅即大俗，不怕叫苍蝇馆子就来不了食客，叫洗脚泡菜就没有人吃。

前辈作家李劼人解读川菜，曾经将其分为馆派、厨派和家常派三种。馆派即公馆菜，类似我们今天的私房菜或官府菜，食不厌精，脍不厌细，一般认为顶级；厨派即饭馆做出的菜，为第二等级。但李劼人说："馆派是基层，厨派是中层，家常派则其峭拔之巅也。"李劼人是最懂成都的人了，他道出了川菜的奥妙，也替我解开洗脚泡菜和苍蝇馆子至今依然为成都人所爱之谜。那最最俗的，恰恰是在最最雅的巅峰之上，正一览众山小呢。

枫 糖

玛瑟是个漂亮的美国小姑娘，仅仅十九岁。暑假，她和我的孩子一起从美国来北京玩，住在我家。她刚刚读大学二年级，学中文，她称我的孩子是她的老师，因为孩子读研究生当助教的时候，教过她的中文课。这是她第一次出国，选择到中国。

她到我家第一天，从行李箱里拿出一个小玻璃瓶，里面是褐色黏稠的液体，说是送给我们的礼物。我不知道这是什么东西，瓶子上两个英文大大的单词 MAPLE SYRUP，我也不认识。她的中文有限，不知道该翻译成什么意思对我们说才好，只好求助于我的孩子。孩子告诉我们这玩意儿叫枫糖，是一种从枫树汁液里提取出的一种糖浆，这种汁液非常有趣，只有到了枫树休眠的时候，才会从事先挖好的树的创口里慢慢地流出来。我想象中，大概和橡胶液的提取方法有些类似。

玛瑟指着瓶子，让我们尝尝，我打开瓶子，看见黏稠的液体有些像蜂蜜，倒进杯子里一些，刚要喝，儿子拦住我说不能这么喝，要用水冲一下，稀释后再喝。我如法炮制后尝了一小口，甜丝丝的，有树木的清香，更有一种糖稀炒过之后焦煳的味道。

玛瑟问我：味道怎么样？她告诉我这枫糖是她家里自己做的。她的父母住在威斯康星州一个小镇，是小学老师，退休之后开了一个枫糖的小作坊，自产自销，枫糖瓶子上还有自己的商标呢。

我说我第一次吃枫糖，味道很特别，很好吃。在北京，没有一个地方能够买到它。玛瑟听完高兴得笑了。

第二天，孩子带玛瑟逛故宫。我查了美国植物学家迈克尔·波伦的《植物的欲望》一书，才知道，这是美国一种古老的甜味剂，早在十八世纪之前，就是当地印第安人的发明，因为当时美国没有糖，甚至连蜂蜜也没有，即使当时在加勒比海地区大量种植了甘蔗，对于美国人也是享受不到的奢侈品。因此，所有的糖，只能够用枫糖来代替。三四百年过去了，各式各样的糖，名目繁多，吃不胜吃，在美国却依旧保留着这种印第安人制作枫糖的传统，制作的方式，让农业时代的美好记忆，一直流淌到今天。

由于是第一次吃这玩意儿，新鲜的感觉，让全家都在跃跃欲试，一小瓶子的枫糖，不到几天就吃下去大半瓶。看到自己带来的礼物大受欢迎，玛瑟非常高兴。

一个星期后，玛瑟背着她的那个大背包离开我家。在她住的那间屋里的桌子上。我发现放着一个小瓶子，瓶子下面压着一张小纸条。那瓶子和我们快要吃完的枫糖的瓶子一模一样，上面也写着MAPLE SYRUP。她特意又给我们留下一瓶。纸条上歪歪扭扭地写着几个中国字：谢谢你们，希望你们到美国，我家有好吃的枫糖。

烤猪肘

在美国印第安纳州的布卢明顿小城,有一家猪餐厅,专门卖烤猪肘子。不是用电烤箱,而是专门用乡村传统的炭火,烤出的猪肘子很好吃。孩子工作和住的地方,就在布卢明顿,每次来这里看孩子,我都会到这家猪餐厅,饱餐一顿他家的烤猪肘。

也不仅为吃烤猪肘,还为看那里的猪玩偶。餐厅的外面,立着一个两人多高的卡通造型木猪,招呼着远远走来的客人。餐厅里,已经成了猪的世界。餐桌上、柜台前、窗台上、酒柜里、房梁间……只要有一点儿的空间,见缝插针,都摆着猪玩偶,各种造型,各种色彩,写实的、变形的、夸张的、浪漫的、童话的、神话的、拟人的、拟神的……除了烤炉上的是真正的猪肘子,这里的空间几乎都被它们占领,紧紧包围着餐厅中间烤炉上的猪肘子。

我非常爱看这些活泼可爱的猪玩偶,每次去看,都会爱不释手,忍俊不禁。这里简直成了一个猪玩偶的博物馆。我从来没有见过哪一个餐厅展览这样多琳琅满目的猪玩偶。因有这些猪玩偶相伴佐餐,这里的烤猪肘吃起来别有风味,与任何一处都不同。

我们的餐厅，如今时兴豪华装修，灯光璀璨，装饰辉煌，却从未见到这样多的玩偶，与餐厅，与餐厅的主打菜肴，相配，相融，相互辉映，营造出的不是暴富的豪华或中产阶级的附庸风雅，而是一种乡野童话般的氛围。收集这么多猪玩偶，不见得比装修简单容易。

其实，这种各式各样猪的造型器具，我国更是多得很，且更拥有历史与文化的底蕴。

我想起在博物馆里曾经看到过唐代出土的文物玉猪，和我们现在用机器制造出来的玉猪完全不一样，造型和线条都很简洁，只是在一块玉石上用刀轻轻刻了几笔，几乎没有凿下去什么废料，就让一头猪浑然天成，让人不得不佩服。

在浙江余姚河姆渡遗址出土的新石器时代的猪的骨骼，还有刻着猪图窠的黑陶钵，那可是七千多年前的猪，是世界上最古老的猪了。据说，黑陶钵上刻着的那猪，身上带有花纹，头部向前低垂，腹部鼓胀，鬃毛耸立。那样子和今天的野猪有些相像，但身上刻有美丽的花纹，说明七千年前的猪，比现在的猪要凶猛得多，却也可爱得多。

更不要说我们的《西游记》里大名鼎鼎的二师兄猪八戒，早已经家喻户晓；还有童话《猪八戒吃西瓜》中可笑又可爱的猪，为几代孩子所喜爱。如果把这些猪造型成像，摆放在我们的猪餐厅里，该会是多么地别具一格，既看着好玩，又能长知识。如果再吃着一个我们自己做的，比他们的烤猪肘品种更多的酱肘子、红烧肘子、蒜香肘子、东坡肘子，该会是一种什么味道和劲头！

可惜，我吃过这样名目繁多的肘子，没见过这样一家餐厅。

考帕尼克风味汤

贝尔格莱德市内一条幽暗的小巷里，有一家清真餐厅，名字起得古怪，叫做狼餐厅。我们这里的餐厅，有叫羊大爷和小肥羊的，不会叫成狼餐厅。餐厅装饰也有些吓人，灯光幽暗，大厅一面墙挂着一匹狼的整张狼皮，皮毛悚然，连头上的眼睛闪闪都在，阴森森的，让人以为进入狼窟。

那天，是贝尔格莱德一位出版商兼书店老板，请我们几个中国作家吃饭。我指着那张狼皮问她：这是狼崇拜吗？她告诉我是对大自然的崇拜。同时，她告诉我，这家餐厅是1740年最早开在塞尔维亚的考帕尼克山区，1994年才搬到贝尔格莱德，把这样山区风格的装饰，也带到了这里。

她不无得意地向我介绍，狼餐厅经营的牛羊肉全部是传统考帕尼克风味，共有一百九十二道不同菜品，最经典的是芝士牛肉和风味羊肉汤，不仅在贝尔格莱德，就是全塞尔维亚，也是独一份。待会儿请你们尝尝。

菜上来之后，吓了我一跳，盘盘量大得惊人，这一桌牛羊肉，我一辈子都吃不完。狼餐厅够气魄，风格绝对是山里人的粗犷不羁。不过，这种考帕尼克风味的牛羊肉，我不大能接受，有点儿膻，有点儿腻，没吃多少，就放下了刀叉。那天，还邀请了塞尔维亚几位德高望重的老作家作陪，其中一位拿出他自己的著作递给我，我以为他是送给我呢，谁知他只是让我翻到书中的一页插页，上面有一张照片，是上个世纪五十年代他访问中国的留影。然后，他便把书收了回去，闷头吃肉，他面前那一盘盘的牛羊肉，被他大快朵颐，风卷残云，吃得一点儿不剩。

我只喝光了那一盘风味羊肉汤。这汤做得确实好喝，炖煮的时间足够长，不膻，不腻，很浓，很香，很别致。和我们这里的羊汤完全不同，不知道里面放了什么作料，能吃出奶油、芝士和黑胡椒的味道，其他还有什么，猜不出来了。大概有考帕尼克山区里独有的调味品，属于狼餐厅的独门绝技吧，就像我们的老餐厅卤肉的老汤中，有他们独家调料，秘不可宣。

很希望能用我根本没动的一些牛羊肉，换一盘他们的风味羊肉汤。没好意思。

爱因斯坦冰激凌

到普林斯顿小镇，很多游客会到爱因斯坦冰激凌店。1933年，为躲避法西斯对犹太人的迫害，爱因斯坦来到普林斯顿大学，爱到这个店里吃冰激凌。这家店因人获名，慕名而来的人，也想尝尝爱因斯坦尝过的冰激凌滋味。

爱因斯坦冰激凌店，在小镇主要干道纳索老街，紧挨着普林斯顿大学，很好找。但店很小，小得如同一粒豌豆公主。我第一次去那里，心想它一定有个什么爱因斯坦醒目的招牌，却没有，只在玻璃橱窗上面有一行弧形的美术字写着店名，叫做托马斯甜点店，根本不叫爱因斯坦冰激凌店。按照我们中国人的思维模式，既然有爱因斯坦这样的名人资源和广告效应，何不充分运用，以此借水行船？

小店里面非常小，左右两间，每间十平方米上下，摆着几张小圆桌，但几乎没有坐着什么人，大多数人买好冰激凌，都是拿走吃。排队的人很多，已经溢出了门外，把小店挤得更显得满满当当。靠窗的墙上，挂着几幅老照片，其中一幅便是爱因斯坦拿着一个圆筒冰激凌吃的照片，成为了这里唯一的纪念，也是这里和爱因斯坦、和历史关系的唯一物证。照片的旁边有一面顶天立地的哈哈镜,每一个买冰激凌的人,都必须要经过它,留下自己的影子,每个人一下子变形,颇有点儿反讽的意思。

这家店的经营思路,和我们这里的一些店家大不一样,我们许多店铺愿意拉大旗作虎皮,如果真有爱因斯坦这样级别的名人光顾,还不得大张旗鼓宣传,起码还不得把爱因斯坦吃冰激凌的照片放大,摆放在醒目的位置上?或者店主拉着爱因斯坦合张影,悬挂在墙上招摇,然后再扩张把店铺面积放大,规模经营?这里的人似乎不大愿意打搅爱因斯坦,或者本来就和爱因斯坦一样地平易,看爱因斯坦来这里吃冰激凌,就像看一位寻常的邻居来一样,习以为常,不会少见多怪。小店秉承着桃李不言下自成蹊的生活哲学,却也让自己在岁月的打磨下声名远播。

这里的冰激凌,也有与别处不大一样的地方,你可以任意选择一种或几种饼干之类的甜点,店家帮助你放入冰激凌里,和冰激凌一起打碎。在这里,冰激凌并非绝对的主角,而是和甜点二分天下,所以,它只管自己叫做甜点店,不叫冰激凌店,更不会更名为爱因斯坦冰激凌店。

每份冰激凌价格是三美元,没有当年爱因斯坦吃的那种圆筒冰激凌。

响着音乐的冰激凌

哥伦布市是美国中部一座漂亮的小城。在华盛顿街上，有一家冰激凌店，店名写在门楣上，几个美术体的字母ZAHARAKOS。下面的一行小字表明店自1900年开业。

进得店里，服务员小姐走过来，递上菜单，并在桌上铺上一张印着店里陈设图案和店史简介的纸垫，知道了ZAHARAKOS原来是希腊人的人名，两位叫做ZAHARAKOS的兄弟，不远万里从希腊来到哥伦布，做生意发了点儿财，搂草打兔子，捎带手开了这家冰激凌店。纸垫上，画有一架老管风琴，才注意到就在店中央前面顶天立地立着，立过了百年的沧桑。这时候，才发现纸垫上写着这家冰激凌店，还叫做冰激凌博物馆。

既然敢称博物馆，应该有展品才是。四下寻找，隔栅旁边敞开着一个通道，原以为通向操作间，走过去一看，别有洞天，里面和外面一样大，各占店铺面积的一半，其中一部分是操作间，大部分是博物馆空间了。保留着一百多年前冰激凌店的模样，各种年代的冰激凌机和饮料机陈列在柜台两侧。贴墙的一角，还立着两架和外面模样差不多的硕大的管风琴，看旁边的介绍，知道是一百多年前芝加哥制造的一种可以定时自动奏响音乐的琴，里面储存着固定的曲目。一百多年前，人们到这里来边吃冰激凌边欣赏音乐，成为吸引人的特色。靠近操作间的一面墙上，挂满冰激凌店的老照片，从店前停着马车到一辆福特轿车撞在店门前，车盖撞得掀起来，显示着时代的变迁，更显示着他家冰激凌的诱人无比，以致司机走神车撞店门，成为百年史的一则幽默的注脚。

老店，百年老址不变，而且保存这么多老物件，而且愿意腾出那么大的空间，不是作为营业的餐厅，而作为自家的博物馆，这样的经营理念，让人叹为观止。

重新坐回座位，点了几份冰激凌，原以为如此百年老店价格不菲，没想到却很便宜，每份冰激凌 1.99 美元，每个冰激凌圣代 2.99 美元，最大的香蕉船 6.49 美元。

这时候，管风琴的音乐突然响起，满屋响起浑厚的回声。所有的人都站了起来，拥向管风琴，欣赏音乐，更好奇地观看这个老古董是如何将音乐鼓捣出来的。这成为这一晚最精彩的节目，是老店送给大家的额外赠品。

巴黎芥末

布卢明顿小城，有家小餐馆，名字就叫做"小餐馆"。走进去，餐馆的老板笑吟吟走过来，招呼我们入座。是一个有些弓背的小老头儿，手里拿着一个点餐记录的小本，没有先问我们吃什么，而是随手将旁边餐桌前的一把椅子拉过来，自己坐在我们的面前。第一句话，先对我说了句英语，我没有听清他说的什么，他在他的小本上迅速地写上一行字，撕下来，递给我。我才明白，他说我长得像一个电影演员，纸上写着演员的名字：Cliouly Bronson。我没有听说过这个名字，用手机上网一查，看到这个演员的照片，还真的有点儿像。

他开始和我们聊起天来。他告诉我们，他是法国巴黎人，五十年前，来到这个小城。然后，他耸耸肩膀，对我们说：我到现在也没有融入这个社会，我也从来没有想要融入。我这才注意到，四周的墙壁上，挂着的全部是巴黎街景的照片和法国印象派画家画的巴黎风景。在这座远离巴黎的小城，他顽强地保存着对巴黎的记忆，以此和外部强悍和阔大的世界抗衡。

聊了一通天之后，他才问起我们吃点儿什么，在他的小本上记下之后，转身向厨房走去。我发现，他并不是对我们这些中国人好奇，对每一桌的客人，他都是这样随手拉过一把椅子，坐下来和客人聊天。这不仅成为他独特的服务态度，也成为他和世界沟通和链接的方式。我非常地好奇，他在巴黎待得好好的，为什么偏要跑到这座偏远的小城，这座小城，和繁华的巴黎无法同日而语。五十年前，他只是一个毛头小伙子呀。心里暗想，除了爱情，对于一个毛头小伙子，还能够有什么别的原因更能让他抛离故土，远走江湖呢？

菜上来了，正宗的巴黎菜品，还有专门从巴黎空运过来的小瓶芥末。

我很想趁机问问他五十年前为什么从巴黎跑到这里来，还没容我开口，一个身穿长裙瘦高个子的女人走了过来，凑在他的耳边说了几句什么。他抱歉地对我们说：厨房里有些事情。临走前，指着这个女人，向我们介绍：这是我的太太。那女人冲我们嫣然一笑，和他一起走了。看年龄，这个女人应该和老板差不多大；看模样，年轻的时候，一定是个美人坯子。不用问了，我的猜测是对的，为了这样一个美人，巴黎人的浪漫，尤其是年轻的时候，是什么事情都能够做得出来的。

吃完饭，走出餐厅，在外面的门厅的墙壁上，看到了贴满一排发黄的旧报纸，俯下身子仔细看，一眼先看见报纸上有好几张照片，照片上一对青年男女站在一辆老式的小汽车旁。不用说了，就是五十年前的老板和他的太太。报纸上整版报道这一对巴黎男女五十年前刚刚来到这里的情景。一对相爱的年轻人,来到一个陌生的小城,开始了他们五十年漫长的爱情之旅。

老板和他的太太都走了出来送客。他问我菜的味道怎么样,我说不错,有巴黎的味道!他笑了,对我说:你说得不对,远离巴黎,菜的材料都不是巴黎的,做出巴黎的味道难了。唯一巴黎的味道,就是芥末酱了,纯粹巴黎的!

说得我也笑了。本想说巴黎味道,还有你们的爱情,巴黎的青春芳华,小城的白头偕老。一时没有组织好英语,没有说出来。

牛肉粥

孩子出国留学前,在家里,自己没有做过饭。大学毕业出国的时候,他二十三岁了。我们做父母的缺乏眼光,没有为他做未雨绸缪的准备,好应对在异国他乡独自一人的生活。

他到美国后没过多久,给我们打来一个电话,人正在厨房的灶台前,问面条怎么煮,这让我们非常惊讶,怎么连面条都不会煮?想当然他应该会,毕竟是这么简单的事情嘛。可是,他只吃过面条,从来没有煮过面条,就是不会。

我们告诉他怎么煮。那一天,尽管按照我们教他的法子,但是,他把买来的一包面条都下进锅里,结果,煮成了一锅糨糊。

一年之后,他回国探亲,对我们说:我给你们煮粥喝吧!

我们乐见其成,看看他为我们煮的粥是什么样子。

看他先把米淘好,沥去水,把湿米放进冰箱,第二天,从冰箱里把米拿出来,把切好的牛肉片用各种料汁煨好,把泡好的米放入倒好水的锅里,又放了几滴橄榄油,起大火,等水开了之后,改小火慢煮。一直等米粒完全煮烂,把煨好的牛肉片倒入锅中,粥沸腾之后,加盐、糖、白胡椒粉,点几滴香油，撒一点儿葱花。齐活儿！牛肉粥做成了。

他给我们一人盛了一小碗，不无得意地说：尝尝。

面对这一碗牛肉粥，我们感到很新奇，不管味道怎么样，这是我们第一次看他做饭，第一次吃他做的饭。

味道还真不错，很香，很滑，很好吃，牛肉很嫩，米粒完全煮烂，看不到米的魂儿了，很像广州的煲仔粥。我们夸奖了他，忍不住说起了他到美国第一次煮面条的窘状。他笑，我们也笑了。

仅仅一年的时间，孩子的变化真大。忍不住想起曾经看过日本的一个电影《狐狸的故事》，必须得把小狐狸扔出去，小狐狸才能真正长大。如果，这一年孩子还是在家里，他是不会熬这样的粥给我们喝的。孩子的长大，有时只是一瞬间的事情，在陌生的环境里，在无助的情境中，在生存的逼迫下，在失败的经验里，靠自己去面对，去学习，去实践，比在父母身边成长得快。

如今，孩子已经在国外生活二十余年，他会做的菜已经很多，中西餐、印度和墨西哥菜，都会做一些。我们到美国看望他时，看他做的是四喜丸子、红烧牛尾，炸的牛排、烤的火鸡、煎的三文鱼、清蒸红鲷鱼，做的黄油蘑菇、牛油果沙拉……样式不少，都样是样，味是味。便常会想起，也会说起，他来美国第一次给自己煮面条，第一次回国给我们煮牛肉粥的事情。

　　一晃,举头已是千山绿,不觉竟过了这么多年。孩子大了,我们也老了。

辑五：萝卜白菜赋

萝卜和白菜，都是我国古老的菜蔬，

也是我们普通百姓四季生活的看家菜。

古诗说："茅柴酒与人情好，萝卜羹和野味长。"

改成"茅柴酒与人情好，萝卜白菜味最长"最合适不过。

大白菜赋

民谚说：霜降砍白菜。霜降之后，直到立冬，北京大街小巷，都在卖白菜，过去叫做冬储大白菜，几乎全家出动，人们拉着平板，推着小车、自行车，甚至借来三轮平板车，一车车买回家，成为北京旧时冬天的一幅壮丽的画面。如果赶上下雪天，白雪映衬下绿绿的大白菜，更是颜色鲜艳的画面。

冬天吃白菜，在我们国家有着悠久的历史。白菜最早出现在南北朝的南朝。在贾思勰的《齐民要术》中收录有白菜的吃法，叫做"菘根菹法"。这说明吃白菜，可以上溯至公元六世纪，也就是说，白菜有着一千五百多年的历史。《齐民要术》记载的白菜的吃法，是一种腌制法：菘根，就是白菜帮，将白菜帮"净洗道体，细切长缕，束为把，大如十张纸。暂经沸汤即出，多放盐……与橘皮和，料理满奠"。

清以来，文人对大白菜青睐有加，为它书写诗文的人很多，连皇上也曾经为它写诗，清宣宗有《晚菘诗》："采摘逢秋末，充盘本窖藏。根曾润雨露，叶久任冰霜。举箸甘盈齿，加餐液润肠。谁与知此味，清趣惬周郎。"一直到近人邓云乡先生也有咏叹大白菜的诗："京华嚼得菜根香，秋去晚菘韵味长。

玉米蒸糇堪果腹，麻油调尔作羹汤。"

大白菜，有多种吃法，包饺子是其中之一；瑶柱白菜、栗子白菜，是其上品；川菜里的名菜开水白菜，是其上上品；芥末墩，是老北京的小吃；乾隆白菜，是老北京花样迭出的一种花哨，借助大白菜做足了文章。

一般人家做得更多的是醋熘白菜和邓先生所说的"麻油调尔作羹汤"的白菜汤。

白菜汤做好不容易，一般人家会在做白菜汤时配上一点儿豆腐和粉丝，条件许可的话，再加上一点儿金钩海米，没有的话，用虾米皮代替，味道会好很多。要想让汤的味道更好一些，如果没有高汤，要用猪油炝锅，如今，猪板油难觅，普通的白菜汤做得好吃，就差了一个节气。

醋熘白菜，我在家里常做，素炒肉炒均可。我做时一定要用花椒炝锅，一定要菜帮菜叶分开炒，一定要加蒜，一定要淋两遍醋。如果有肉，在肉即将炒熟时加醋；如果没有肉，将葱姜蒜爆香下白菜前加醋；最后，淋一些锅边醋，点几滴香油，拢芡出锅。这道菜，关键在这两遍醋上，不要怕醋多，就怕醋少。这成了我的一道拿手菜，特别是刚从北大荒回北京的那一阵子，朋友来家做客，兜里兵力不足，就炒这道最便宜的醋熘白菜，吃得不亦乐乎。

《燕京琐记》里特别推崇腌白菜，说："以盐撒白菜之上压之，谓之腌白菜，逾数日可食，色如象牙，爽若哀梨。"这是我看到的对腌白菜最美的赞美了。腌白菜，对于老北京人而言，是一种太普通的吃法，只是各家做法不尽相同。邓云乡先生在文章中介绍过他的做法："把大白菜切成棋子块，用粗盐曝腌一二个钟头，去掉卤水，将滚烫的花椒油或辣椒油往里一倒，'嚓喇'一响，其香无比。"

我的做法是，将白菜连帮带叶切成长条状，先用盐水渍一下，挤出汤水，将其放进水滚开的锅里，冒一下立即捞出，置入凉水中，再用手把菜里面的水挤净，加盐加糖，淋上滚沸的花椒辣椒油和醋。吃起来，特别地脆，那才叫"爽若哀梨"。这样的吃法，可以说延续了贾思勰在《齐民要术》中说的"菘根菹法"。只是，不知道为什么都少了贾氏说的放橘皮这样一项。

《北平风物类征》一书引《都城琐记》，说到大白菜的另一种吃法："白菜嫩心，椒盐蒸熟，晒干，可久藏至远，所谓京冬菜也。"这里说的是储存大白菜过冬的一种方法，即晾干菜。不过，用白菜心晾干菜，我从来没有见过，大概属于有钱人家吧。我们大院里，人们晾干菜，可不敢这样奢侈，都是把一整棵大白菜切成两半或几半，连帮带叶一起晾晒。白菜心，我父亲在世的时候，都是用来做糖醋凉拌，在上面再加一点儿金糕条和梨丝，用来作为下酒的凉菜。

除了晾干菜，渍酸菜也是一种方法。这是两种不同的方法，都属于大白菜的变奏。前者变形不变味儿，后者变形变色又变味儿。前者挤压成如书签一样，夹在我们记忆的册页里；后者换容术一般，变成里外一新的新样子。两种方法，都将大白菜当成一方舞台，尽显其姿态婀娜，只不过，一个干瘪如同皮影戏，一个如同休眠于水中的鱼。当然，这是物质不发达时代里，为了储存大白菜，老北京人不得已为之的方法，或者说是一种生活的智慧。

大白菜，也不尽是一般寻常百姓家的最爱。看溥仪的弟弟溥杰的夫人爱新觉罗·浩写的《食在宫廷》一书，皇宫里对大白菜一样青睐有加。在这本书中，记录的清末几十种宫廷菜中，大白菜就有五种：肥鸡火熏白菜、栗子白菜、糖醋辣白菜、白菜汤、暴腌白菜。后四种，已经成为家常菜。前一种肥鸡火熏白菜，如今很少见。据说，此菜是乾隆下江南时尝过之后为之所爱，便将苏州名厨张东官带回北京，专门做这道菜。看溥杰夫人所记录这道菜的做法，并不新奇，只是要将肥鸡先熏好，然后和大白菜同时放进高汤里，用中火煨至汤尽。其中的奥妙，在读这本书其他大白菜的做法时发现，宫廷里都特别强调一定要将大白菜煮透。一个透字，看厨艺的功夫。透，不仅是断生，也不能是煮烂，方能既入味，又有嚼劲儿。

不过，有一种大白菜的吃法，无论宫廷，还是民间，我是没有听说老北京曾经有过。在我的同学王仁兴所著《国菜精华》一书中，介绍了一种"山家梅花酸白菜"，他引用了南宋林洪的《山家清供》，说这种吃法是将大白菜切开，用很清的面汤先泡渍，再加入姜、花椒、茴香和莳萝等调料，以及一碗老酸菜汤腌制。关键是最后一步："又，入梅英一掬。"所以，林洪称此菜为"梅花齑"。或许，这只是南方的一种古老吃法，北京有的是大白菜，却鲜有梅花。其实，在我看来，也不是鲜有梅花的原因，就跟我们做腌白菜不放橘皮一样，便想不到在做酸白菜的时候可以"入梅英一掬"。我们北京人做菜还是显得粗糙了些，少了一点儿细节的关注和投入。

教我中学语文的田增科老师，如今年已九十。他曾经教过的一个学生的家长，是川菜大师罗国荣，担任过人民大会堂总厨，拿手菜"开水白菜"，每次国宴必上，不止一次受到周总理和外宾的夸赞。一次家访，罗国荣非要留田老师吃饭，那年月粮食定量，买肉要肉票，田老师对我说，虽然很想尝尝这道出名的开水白菜，但怎能随便吃人家口粮，赶紧骑车溜走了。

能够用简单的白菜，做成这样一道味道奇美的国宴上出名的开水白菜，大概是将大白菜推向了极致，是大白菜的华彩乐章。颇有些丑小鸭变成白天鹅，一下子步入奥斯卡红地毯的感觉。

不过，在我的心目中，将吃剩下不用的白菜头，泡在浅浅的清水盘里，冒出来那黄色的白菜花，才是将大白菜提升到了最高的境界。特别是在朔风呼啸大雪纷飞的冬天，明黄色的白菜花，让人的心里感到温暖。白菜的叶子、帮子和菜心,都可以吃,白菜头不能吃,却可以开出这么漂亮的花来,普普通通的大白菜,一点儿都没有糟践,真的就升华为艺术了。

萝卜笺

萝卜,作为普通百姓四季生活的看家菜,和白菜的地位并驾齐驱,可谓双主角。

萝卜是我国一种古老的菜蔬,起码有着上千年的历史。早在《诗经》中就有记载,在北魏贾思勰的《齐民要术》中,已经有了萝卜种植的描述。至此之后,历代诗文中,写萝卜的不胜枚举。

其中有一首七律宋诗的前半首,印象最深:"晓对山翁坐破窗,地炉拨火两相忘。茅柴酒与人情好,萝卜羹和野味长。"之所以印象深,它所写的"破窗""地炉""茅柴",都是地道平民家中常见的东西,和萝卜很是相配。诗中说萝卜"野味长",其野味可不是如今吃惯了油腻之后人们品尝的野味,而是贫寒人家的家常味。

记得在北大荒插队的年月里,冬天,在地窖里储存的白菜、萝卜和土豆,被称为"老三样",要吃整整一冬一春青黄不接的时节,一直到夏天有了青菜为止。冰天雪地的北大荒中,再好的地窖里,这"老三样"也会被冻坏。那时候,我们常吃的菜,就是用"老三样"熬的一锅汤,起锅时,拢上稠稠的芡，大家戏称为"塑料汤"。其中萝卜熬成的"塑料汤"，就是诗中说的"萝卜羹"，其发酵发酸的野味，至今难忘。

萝卜品种很多，以表皮的颜色分，基本这样几种：紫、青、白、黄、红和青白相间。如此色彩丰富，在其他蔬菜中很少见甚至没有。我小时候，听母亲说，扩大至听街坊们说，是把这几样萝卜分别称为：卞萝卜、卫青、白萝卜、胡萝卜、小萝卜和水萝卜。水萝卜又叫心里美。

卫青和胡萝卜，我小时候吃得不多。胡萝卜的一个"胡"字，泄露了自己的身份，其最早来自异域。卫青的"卫"，也袒露了自己的籍贯，指的是天津卫，这样细长苗条的青萝卜，很脆，很好吃，但比较贵，也比较少见。

那时候，常见常吃的是心里美。萝卜中，心里美是北京人的最爱。它不仅圆乎乎像唐朝的胖美人，切开里面的颜色五彩鲜亮，也透着喜气。特别是以前卖萝卜的小贩，会帮你把萝卜皮削开，但不会削掉，萝卜托在手掌上，一柄萝卜刀顺着萝卜上下挥舞，刀不刃手，萝卜皮呈一瓣瓣莲花状四散开来，然后再把里面的萝卜切成几瓣。如果是小孩子买，他们可以把萝卜切成一朵花或一只鸟。在饭店里，雕萝卜花是厨师祖辈传下来的一门手艺，曾经作为厨艺大赛的项目之一，在餐桌上经久不衰地如花呈现。

卞萝卜，也常吃。它皮发紫，个头大，圆鼓鼓，最便宜。生吃，发艮，不如其他萝卜。在我家，一般都是拿它做馅。用牛肉和它一起做馅，当然最好吃，但那时哪有那么多牛肉，都是和粉条搅合一起做馅，包菜团子吃。不能把它切碎，要切成筷子一般的细条状，这样吃起来有点儿嚼头。有一阵子，粮食不够吃，我爸爸异想天开，把它和豆腐渣掺和一起做馅，非常难吃，又不得不吃。

白萝卜，也常吃。不仅书上美化说它是"象牙白"，胡同里的小贩也这样吆喝："象牙白的萝卜来，辣来换来——"北京人常吃，也常种这种白萝卜。有很长一阵子，天坛公园东天门前，就是如今柏树林的位置，曾经是一片菜园，就种有白萝卜。1971年秋天，基辛格访华，参观天坛，看见人们在这里拔白萝卜，兴致勃勃走过去，要了一个白萝卜尝尝，成为一段佳话，也成为天坛这段特殊历史的佐证，白萝卜为其点缀脆生生的鲜活注脚。

在我家，会把它切成条，晾成半干不干，带有一点水分，撒上盐和红辣椒末，是从六必居买的辣萝卜条学来的法子。更多时候，拿它做汤，如果能和排骨一起炖，或者氽羊肉丸子，最后，点点儿香油和醋，撒点儿香菜，就是绝顶美味了。我妈在世的时候，会把它切丝，放上粉丝，做成一锅汤，香菜、香油和醋都放了，缺少了羊肉丸子，味道差多了，却是母亲的味道。

小萝卜，红红的，个头儿最小，是萝卜里的小字辈。我小时候，长篇小说《红岩》流行，戏匣子里整天有它的连播。

283

小说里，和大人一起关在监狱里，有一个可爱的小孩，叫"小萝卜头儿"，想起这个小孩，就让我想起小萝卜。那时候，我妈让我买它时就会喊道：去买两把小萝卜去！

小萝卜至今都是论把卖的，用稻草绳或马蔺绑着。前几年去美国，看见超市里这样的小萝卜也是论把卖，是用塑料胶带粘着。美国人不大认这玩意儿，卖得很便宜，买的人不多，常是我去买两把回来。生吃，凉拌，做菜，都很好吃。用刀背把它们拍一下，加蒜，红烧，或和五花肉一起红烧，比一般红烧肉好吃，多了一丝萝卜的清甜味，而且，小萝卜中渗进肉味，也变得味道不同，格外好吃了。这时候，肉是小萝卜，小萝卜也成了肉，彼此借味，相互融合，滋味绵软，回味悠长。

小萝卜，又称作杨花萝卜，是最近这些年，看到张大千画它的画上的题词，和汪曾祺写的文章，才知道的。它是在杨花飘飞时上市，所以叫成了杨花萝卜。比起我小时候叫惯的小萝卜，萝卜前面有了杨花的修饰词，确实比小萝卜好听，容易让人联想。看汪曾祺文章中说他做的杨花萝卜颇受欢迎，照他的法子，我也学着做过两回，切成细丝，越细越好，撒上白糖，即可开吃。第一次，我自作主张，多加了醋和香油，味道没有只撒白糖的好吃。一道菜，和什么调料相配，也是有讲究的，有自己的选择的，不能乱点鸳鸯谱。

用萝卜做菜，自古有之，花样繁多。元代倪瓒，不仅是有名的画家，做菜也是一把好手。他写有《云林堂饮食制度集》，云林是他的号。在这本饮食集里，有一道"云林烧萝卜"，他详细介绍了制作过程：将萝卜"切作四方小长块，置净器中，以生姜丝、花椒粒糁上；用水及酒，少许盐醋调和，入锅一沸，乘热浇萝卜上。浇汁应浸没萝卜。"倪瓒是江苏人，这样的烧萝卜，应该是江浙菜，不知如今还有没有人做。

萝卜的做法很多，而且，最大的好处是一年四季都可以吃，并非如春笋一样的时令菜。但除杨花萝卜外，最好吃的季节，是秋季萝卜刚上市的时候。这是萝卜的青春季，和人一样，最嫩、最脆、最水灵、最生机勃勃。这时候，在老北京，沿街叫卖萝卜的小贩，会扯开嗓门儿吆喝：萝卜——赛梨！

萝卜，性情温和，虽然带一点微辣，那是它的小脾气。在和别的菜或肉一起做的时候，很容易与水交融，那一点小脾气，即便没有完全消失殆尽，也会变得像小姑娘撒娇一般温婉动人。

萝卜的性情温和，还表现在它浑身是宝，绝不会因自己得意的某一处而骄傲自矜，比如菜花，只有花可以吃，托着它的叶子和菜梗，便不能吃。萝卜从头到尾都可以吃，它的皮，它的缨子，都可以吃。缨子焯过水和不焯水，拌凉菜，都好吃。不焯水的，格外脆，带有田野的清新，《本草纲目》里，李时珍说的就是不焯水生吃；焯水后要立刻过凉，是那种熟女般温柔的脆，和香干碎拌一起，比饭店里香干马兰头还好吃。缨子剁碎做成馅，不要搁肉，只搁一点儿粉丝和虾皮，包包子，会有任何一种馅都没有的味道，爽口，带有一丝丝中草药的味儿。

萝卜皮也很好吃，做菜时，萝卜和皮最好在一起，不要分开，其中杨花萝卜尤是。如果把它的皮削掉再吃，无论生吃、凉拌还是红烧，味道已经减去大半，它的灵魂似乎也随之而去，所谓皮之不存，魂将焉附？

萝卜皮可以单吃。在北京，这样单吃的是心里美的皮，滚刀块，切得要厚一点儿，皮略带些肉，拌上盐、糖、老抽、醋，最后浇热花椒油，刺啦一声，齐活儿！简单，便宜，脆生，酸甜可口，是地道的下酒菜，如今成了不少饭店里一道物美价廉的凉菜。

萝卜连肉带皮带缨子，全部吃掉了，它的根部泡在水里，不几天，可以开出晶亮的小黄花，在冬天大雪纷飞的日子里，它是萝卜的还魂成精，对我们最后温暖的回眸一瞥。

在我国，萝卜的高光时刻在立春那一天。立春，又叫咬春，咬什么？咬的就是萝卜。看明刘若愚著《酌中志》中记载："立春前一日，顺天府于东直门外迎春，凡勋戚内臣，达官武士，赴春场跑马，比较优劣。至次日立春，无论贵贱，皆嚼萝卜，曰'咬春'。"看，立春日咬萝卜，不仅普通百姓，也包括王公贵族。这是全民上下的风俗，这一日，萝卜风光备至。

为什么立春一定咬萝卜呢？咬别的不行吗？比如苹果或梨，比萝卜更好吃吧？要是必得是萝卜一样的蔬菜，西红柿或黄瓜，也可以和萝卜PK一下，让人一样下嘴咬一口呀。黄瓜颜色更绿，西红柿颜色更红，更具有春天的色彩呢。为什么非得是萝卜不可？

这也是有讲究的。因为萝卜味辣，这是苹果和梨、西红柿和黄瓜，都不具有的滋味。咬春，不为只看色彩鲜艳的外表，也不为了只咬出甜甜的味道，而要咬出一些辛辣的味道，取的就是古人说的咬得草根断，则百事可做之意。没有经历这个苦，春是不会来到的，春也就没有了意义。咬春吃萝卜，一个咬字，是心情，更是心底埋下吃得了苦的一种韧劲儿，是中国人特有的一种风俗，是民俗化的道义，潜移默化在代代人的心里。萝卜这样的一种独特意味，是其他众多蔬菜中没有的。

萝卜，入馔，也入文入诗入画。历代画萝卜的画作、写萝卜的诗文不少，如果把它们收集齐全，会洋洋大观。十九世纪，法国曾经专门为他们的玫瑰花出版过一本洋洋洒洒的《玫瑰圣经》。如果我们汇编成一本图文并茂的萝卜大全，肯定得是我们萝卜的《永乐大典》。

写萝卜的诗文，我读得不多，在有限的阅读范围里，觉得写得最别致的，是一位叫做董改正的散文《萝卜》。他写萝卜的一生四季。

春天，写萝卜缨子："小囡囡的模样，逗人喜爱。要遮阳，怕风雨，肥要适当量，水要及时，娇生惯养着，她们喜欢，栽种的人也喜欢。"夏天，萝卜长出来了："长成少女模样，翠衫绿裤，颇有亭亭韵味，心事渐渐有了，不便示人，就偷偷藏在根下，埋在土里。小小的心思，惹人怜惜。初历红尘，青涩渐去，甘甜未来，却有一股倔劲。"深秋时节，他写萝卜："叶肥硕，健壮泼辣的样子。田野里，酥胸半露，尽是激艳的风情，哗哗笑语戏谑，能说不能说，野性，辣味。一旁的柿子，大老爷们的，听得羞红了脸。"最后，他写霜雪后的萝卜："翠绿敛去，萝卜水落石出，化身男子，不怒不喜，中和静气。辣味收，甜味淡，倔强和风情，都化作波澜不惊的从容润泽。那些葱绿的过往，都纳入了体内，记忆洗净铅华，尽为润白。"

写得真的是好，为平凡萝卜的一生作传，让我难忘，替萝卜感动。

饺子帖

一

又要过年了。又想起饺子。饺子，是过年的标配，是过年的主角，是过年的定海神针。不吃饺子，不算是过年。

五十三年前，我在北大荒，第一次在异乡过年，很想家。刚到那里不久，怎么能请下假来回北京？那时候，我在北大荒，弟弟在青海，姐姐在内蒙古，家里只剩下了父母两个孤苦伶仃的老人。天高地远，心里不得劲儿，又万般无奈。

没有想到，就在这一年年三十的黄昏，我的三个中学同学，一个拿着面粉，一个拿着肉馅，一个拿着韭菜（要知道，那时候粮食定量，肉要肉票，春节前的韭菜金贵得很呀），来到我家。他们和我的父母一起，包了一顿饺子。

面飞花，馅喷香，盖帘上，码好的一圈圈饺子，围成一个漂亮的花环；下进滚沸的锅里，像一尾尾游动的小银鱼；蒸腾的热气，把我家小屋托浮起来，幻化成一幅别样的年画一般，定格在那个难忘的岁月里。

这大概是父亲和母亲一辈子过年吃的一顿最滋味别具的

饺子了。

二

那一年的年三十，一场纷飞的大雪，把我困在北大荒的建三江。当时，我被抽调到兵团的六师师部宣传队，本想年三十下午赶回我在的大兴岛二连，不耽误晚上的饺子就行。没有想到，大雪封门，漫天刮起了大烟泡，汽车的水箱都冻成冰砣了。

师部的食堂关了张，大师傅们早早回家过年了，连商店和小卖部都已经关门，别说年夜饭没有了，就是想买个罐头都不行，只好饿肚子了。

大烟泡从年三十刮到了年初一早晨，我一宿没有睡好觉，早早就被冻醒了，偎在被窝里不肯起来，睁着眼或闭着眼，胡思乱想。

大约九十点钟，忽然听到咚咚的敲门声，然后是大声呼叫我的名字的声音。由于大烟泡刮得很凶，那声音被撕成了碎片，断断续续，像是在梦中，不那么真实。我非常奇怪，会是谁呢？这大雪天的！

满怀狐疑，我披上棉大衣跑到门口，掀开厚厚的棉门帘，打开了门。吓了我一跳，站在门口的人，浑身厚厚的雪，简直是个雪人。我根本没有认出他来。等他走进屋来，摘下大狗皮帽子，抖落下一身的雪，才看清，是我们大兴岛二连的木匠赵温。天呀，他是怎么来的？这么冷的天，这么大的雪，莫非他是从天而降不成？

我肯定是瞪大了一双惊奇的眼睛，瞪得他笑了，对我说：赶紧拿个盆来！我这才发现，他带来了一个大饭盒，打开一看，是饺子，个个冻成了梆梆硬的砣砣。他笑着说道：过七星河的时候，雪滑，跌了一跤，饭盒撒了，捡了半天，饺子还是少了好多，都掉进雪坑里了。凑合吃吧！

我愣在那儿，望着一堆饺子，半天没说出话来。他是见我年三十没有回队，专门来给我送饺子的。如果平时，这也许算不上什么，可这是什么天气呀！他得多早就要起身，没有车，三十里的路，他得一步步地跋涉在没膝深的雪窝里，走过冰滑雪深的七星河呀。

我永远记得，那一天，我和赵温用那只盆底有朵大大的牡丹花的洗脸盆煮的饺子。饺子煮熟了，漂在滚沸的水面上，被盛开的牡丹花托起。

忘不了，是酸菜馅的饺子。

三

齐如山先生当年说，他曾经吃过一百多种馅的饺子。我没吃过那么多种馅的饺子。我也不知道，全国各地的饺子馅，到底有多少种。不过，我觉得馅对于饺子并不重要。吃饺子过年，其中的馅，可以丰俭由人，从未有过高低贵贱之分。过去，皇上过年吃饺子，底下人必定要在馅中包上一枚金钱，而且，金钱上必要镌刻上"天子万年，万寿无疆"之类过年的吉祥话，讨皇上欢喜。穷人过年，怎么也得吃上一顿饺子，哪怕是野菜馅的呢。

曾听叶派小生毕高修先生告诉我这样一桩往事：他和京剧名宿侯喜瑞先生，同在落难之中，结为忘年交。大年初一，客居北京城南，四壁徒空，凄风冷灶，两人只好在床上棉被相拥，惨淡谈笑过残年。忽然，看到墙角里有几根冻僵了的胡萝卜，两人忙下地，拾起胡萝卜，剁巴剁巴，好歹包了顿冻胡萝卜馅的饺子，也得过年啊！

馅，可以让饺子分成价值的高低，但作为饺子这一整体形象，却是过年时不分贵贱的最为民主化的象征。

四

很多年前，我写过一篇散文《花边饺》，后来被选入小学生的语文课本。写的是小时候过年，母亲总要包荤素两种馅的饺子。她把肉馅的饺子都捏上花边，让我和弟弟觉得好看，连吃带玩地吞进肚里，自己和父亲吃素馅的饺子。那是艰苦岁月的往事。

长大以后，总会想起母亲包的花边饺。大年初二，是母亲的生日。那一年，我包了一个糖馅的饺子，放进盖帘一圈圈饺子之中，然后对母亲说：今儿您要吃着这个糖馅的饺子，您一准儿是大吉大利！

母亲连连摇头笑着说：这么一大堆饺子，我哪儿那么巧能有福气吃到？说着，她亲自把饺子下进锅里。饺子像活了的小精灵，在翻滚的水花中上下翻腾。望着母亲昏花的老眼，我看出来，她是想吃到那个糖饺子呢！

热腾腾的饺子盛上盘，端上桌，我往母亲的碟中先拨上三个饺子。第二个饺子，母亲就咬着了糖馅，惊喜地叫了起来：哟！我真的吃到了！我说：要不怎么说您有福气呢？母亲的眼睛笑得眯成了一条缝。

其实，母亲的眼睛实在是太昏花了。她不知道我要了一个小小的花招，用糖馅包了一个有记号的花边饺。

第二年的夏天，母亲去世了。

五

在北大荒，有个朋友叫再生，人长得膀大腰圆，干起活来，是二齿钩挠痒痒——一把硬手。回北京待业那阵子，他一身武功无处可施，常到我家来聊天，一聊聊到半夜，打发寂寞时光。

那时候，生活拮据，招待他最好的饭食，就是包饺子。一听说包饺子，他就来了情绪，说他包饺子最拿手。在北大荒，没有擀面杖，他用啤酒瓶子，都能把皮擀得又圆又薄。

在我家包饺子，我最省心，和面，拌馅，擀皮，都是他一个人招呼，我只是搭把手，帮助包几个意思意思。

他一边擀皮，一边唱歌，每一次唱的歌都一样：《嘎达梅林》。不知道为什么，他对这首歌情有独钟。一边唱，他还要不时腾出一只手，伸出来，随着歌声，娇柔地做个兰花指状，与他粗犷的腰身反差极大，和《嘎达梅林》这首英雄气魄的歌反差也极大。

每次来我家包饺子的时候，他都会问我：今儿包什么馅的呀？

我都开玩笑地对他说：包"嘎达梅林"馅的！

他听了哈哈大笑，冲我说：拿我打镲！

擀皮的时候，他照样不忘唱他的《嘎达梅林》，照样不忘伸出他的兰花指。

四十多年过去了。如今，再生的日子过得很滋润。儿子北大西语系毕业，很有出息，特别孝顺，还能挣钱，每月光给他零花钱，出手就是五千，让他别舍不得，可劲地花，对自己得好点儿。他很少来我家了，见面总要请我到饭店吃饭。我便再也吃不到他包的"嘎达梅林"馅的饺子了。

六

孩子在美国读博,毕业后又在那里工作,前些年,我常去美国探亲,一连几个春节,都是在那里过的。过年的饺子,更显得是必不可少,增添了更多的乡愁。余光中说:乡愁是一枚邮票。在过年的那一刻,乡愁就是一顿饺子,比邮票更看得见,摸得着,还吃得进暖暖的心里。

那是一个叫做布卢明顿的大学城,很小的一个地方,全城只有六万多人口,一半是大学里的学生和老师。全城只有一个中国超市,也只有在那里可以买到五花肉、大白菜和韭菜,这是包饺子必备的老三样。为备好这老三样,提早好多天,我便和孩子一起来到超市。

超市的老板是山东人,老板娘是台湾人,因为常去那里买东西,彼此已经熟悉。老板见我进门先直奔大白菜和韭菜而去,笑吟吟地对我说:过年包饺子吧?我说:对呀!您的大白菜和韭菜得多备些啊!他依旧笑吟吟地说:放心吧,备着呢!

那一天,小小的超市里挤满了人,大多是中国人,来买五花肉、大白菜和韭菜的。尽管大家素不相识,但望着各自小推车中的这老三样,彼此心照不宣,他乡遇故知一般,都像老板一样会心地笑着。

2023 年中秋节前全书整理完毕于北京